GOLDENE STEINE

Cornelia Franz

GOLDENE STEINE

CARLSEN

HAMBURG

1

Yara balancierte den doppelstöckigen Käfig die Treppen hinunter. »Keine Panik, Maxi«, sagte sie zu der Maus, die verschreckt von einer Ecke in die andere rannte. Vor dem Haus machte sie automatisch einen größeren Schritt, um nicht auf die goldenen Steine im Pflaster zu treten. Sie ging an dem offenen Transporter vorbei, der schon ziemlich beladen war. An der Rückwand stapelten sich die Kartons, davor standen Bücherregale, das Ledersofa und die Sessel. Das komplette Wohnzimmer auf ein paar Quadratmeter zusammengeschoben und trotzdem noch zu viel Zeugs. Die neue Wohnung war nicht einmal halb so groß wie die alte.

Ihr ganzes Leben war halbiert worden. Kleinere Wohnung, kleineres Zimmer, kleinere Familie. Sogar Mini würde das neue Zuhause nicht mehr kennenlernen, am Morgen hatte sie tot im Käfig gelegen. Yara hatte ein winziges Grab im Vorgarten angelegt, während ihr Vater und seine Freunde den Umzugswagen beluden. Die machten sich natürlich über sie lustig. Ein dreizehnjähriges Mädchen, das eine Trauerfeier für eine tote Maus abhielt ... Missmutig stellte sie den Käfig auf den Beifahrersitz.

»So, die letzte Fuhre. Das lief doch alles wie am Schnürchen.« Ihr Vater versprühte betont gute Laune, als sie durch den Feierabendverkehr stadtauswärts rollten. Doch Yara kamen die Straßen mit jedem Kilometer hässlicher vor. Nur noch langweilige Wohnblocks, von denen einer wie der andere aussah.

»Du machst ein Gesicht, als müsstest du nach Sibirien«, meinte ihr Vater. »Dabei ändert sich doch kaum was. Du bleibst ja auf deiner Schule, nur der Weg ist ein bisschen weiter.«

»Ein bisschen ist gut. Ich brauch mindestens eine halbe Stunde.« Yara starrte durch die Windschutzscheibe, ohne noch etwas wahrzunehmen. Klar, es war keine Riesensache, von einem Stadtteil in den nächsten zu ziehen. Aber trotzdem lag Papa falsch. Alles würde sich ändern.

»Wer trägt denn jetzt Frau Winter die Einkaufstaschen nach oben?«, fragte sie unvermittelt.

»Da findet sich schon jemand von den Nachbarn.«

»Ich hab ihr nicht mal richtig Tschüss gesagt.«

»Du kannst doch jederzeit nach der Schule bei ihr vorbeifahren.«

»Ja, schon. Aber ich hätte trotzdem bei ihr klingeln sollen. Ich hab sie komplett vergessen bei dem Stress heute.« Yara nagte an ihrer Unterlippe. Und die goldenen Steine? X-mal war sie heute an ihnen vorbeigelaufen, ohne einen einzigen Blick darauf zu werfen. Sie sah zu ihrem Vater hinüber. Nein, Papa verstand garantiert nicht, dass sie die Steine vermissen würde, genauso wie die schöne große Wohnung, die alte Frau Winter und das ganze Haus.

Solange sie zurückdenken konnte, war ihre Fantasie um die glänzenden Steine gekreist. Als kleines Mädchen hatte sie sie geputzt, wenn sie schmutzig waren. Sie waren ihr Schatz gewesen, ein echter Goldschatz! Einmal hatte sie sich aus der Wohnung geschlichen, weil sie das Gold ausgraben wollte. Mit einem spitzen Stein hatte sie um die Quadrate herumgekratzt, aber die hatten sich keinen Millimeter bewegt. Dann sollte es wohl so sein – der Schatz gehörte zum Haus und das Haus gehörte zum Schatz. Und irgendwie gehörte das alles ein bisschen Yara.

Den Erwachsenen schien diese Kostbarkeit egal zu sein. Achtlos traten sie auf die Steine, als würden sie das Gold gar nicht sehen. »Wer wohl den Schatz hier vergraben hat? Ob das eine Fee war?«, hatte Yara ihren Vater einmal gefragt. Doch der hatte sie angeschaut, als hätte sie etwas ganz und gar Dummes gesagt. »Nun frag nicht immer so viel«, hatte er sie abgewimmelt. Auch Maman hatte nicht darüber reden wollen. Um diesen Schatz gab es ein Geheimnis, das die Erwachsenen nicht verraten wollten, das hatte Yara damals genau gespürt. Und schließlich war es Frau Winter gewesen, die ihr die Geschichte der Steine erzählt hatte.

»Nun lass mal das Rumgrübeln, Yara.« Ihr Vater gab ihr einen Stups. »Wenn du willst, können wir Frau Winter ja mal zum Kaffee einladen, sobald das größte Durcheinander beseitigt ist. Ich hole sie mit dem Auto ab. Dann kommt sie auch mal raus aus dem Haus.«

»Wenn *sie* will«, korrigierte Yara ihn. Frau Winter hatte ihren eigenen Kopf. Und sie wohnte schon über neunzig Jahre in dem Haus, unglaublich! Bestimmt würde sie so wie Mini einfach tot umfallen, wenn sie jemals umziehen müsste. Vor allem in eine so öde Straße wie die, in die sie jetzt einbogen.

2

Die beiden Typen standen vor ihm, als wären sie aus dem Nichts aufgetaucht. Sie mussten sich hinter den Altglascontainern versteckt haben. »Da ist er ja«, sagte der Kleinere der beiden. Leon guckte verunsichert. Hatten die auf ihn gewartet?

»Wie läufst du hier eigentlich rum, du Jude?« Der andere, ein Honk mit einem grottenhässlichen Tattoo am Hals, grinste ihn an. Und *zack*, riss er ihm die Mütze vom Schädel – das witzige kleine Käppi, das er selbst vor einer Woche einem Typen vom Kopf gezupft hatte, in Frankfurt, auf dem Rückweg vom Kletterturnier, einfach so aus Spaß.

Leon grinste ebenfalls. Saudämlicher Scherz, klar, aber er würde garantiert nicht nach der Polizei brüllen wie der Mann in Frankfurt. Der hatte einen Aufstand gemacht, als hätten sie ihm die Brieftasche geklaut. »Was soll der Scheiß?« Er streckte die Hand nach dem Käppi aus, doch der Idiot warf es ihm vor die Füße.

»Hallooo?!« In Leon wallte die Wut auf.

Im nächsten Moment rissen sie ihm die Beine weg und er lag am Boden, zwischen Scherben und Schmutz. Er wollte sich aufrappeln, doch der Größere stieß ihm mit Wucht vor die Brust. »Na, ist dir das Grinsen vergangen?«

Leon verstand nicht, was da mit ihm passierte. Nichts begriff er. Sie drückten ihm das Gesicht in die Mütze, sie bespuckten ihn, sie traten ihn, wieder und wieder, sie brüllten ihn an. »Du hast hier nichts zu suchen! Scheiß-Drecksjude, verrecke!« Ihre Stimmen so böse, so voller Hass. Er kniff die Augen zusammen, sein Herz raste. Die Angst flatterte in ihm wie ein gefangener Vogel. Kein Ausweg, nur Panik.

So plötzlich, wie sie vor ihm gestanden hatten, verschwanden sie wieder. Doch Leon traute sich nicht aufzustehen. Noch immer den Kopf mit den Armen schützend, lag er da. »Zwei gegen ein' ist gemein. Zwei gegen ein' ist gemein.« Das war das Einzige, was er denken konnte. Er weinte vor Schreck und Schmerzen und Nichtverstehen und weil ihn eine Brutalität getroffen hatte, die es in seiner Welt bisher nicht gegeben hatte.

3

Es war reine Routine, dass Nikolai die Straßenseite wechselte, als ihm die beiden schwarz gekleideten Typen entgegenkamen, breitbeinig, mit dicken Eiern. Jungs, die schon auf dreißig Meter Entfernung nach Ärger rochen. Provokation vermeiden, vorsichtshalber, egal wie harmlos die zwei sein mochten. Mit gesenktem Blick ging er einen Schritt schneller, bog um die Ecke und lief an den Altglascontainern vorbei, die Sporttasche über der Schulter und Kopfhörer auf den Ohren. Er zerknüllte das fettige Papier des Döners, den er sich am Bahnhof gekauft hatte, und warf es in einen Papierkorb.

Nikolai wurde langsamer, als er auf den Eingang des Mietshauses zuging, in dem er in der dritten Etage wohnte. Natürlich würde seine Mutter den Döner riechen und natürlich würde sie zetern. Warum hatte er den eigentlich gekauft? Sein letztes Taschengeld war dafür draufgegangen. Er kramte ein Kaugummi aus der Jackentasche und steckte es sich in den Mund, bevor er die Wohnungstür aufschloss. Wie immer kam seine Mutter aus der Küche, kaum dass sie ihn gehört hatte.

Spontan entschloss er sich zur Vorwärtsverteidigung. »Ich riech nach Imbissbude, ich weiß. Reg dich mal nicht gleich auf.«

»Was heißt, reg dich nicht auf? Wie soll ich mich nicht aufregen, wenn mein einziger Sohn immer wieder ...«

Er nahm sie kurz in die Arme. Schon vor mehr als zwei Jahren, noch vor seinem dreizehnten Geburtstag, hatte er sie überholt, jetzt überragte er sie um mehr als einen Kopf. »Hab mir nur ’ne Cola gekauft, Mamotschka. Ich hatte Durst nach dem Training«, murmelte er in ihre zerzauste Frisur hinein. »Man muss nur eine Minute in dem Laden warten, dann hat man den Geruch in den Klamotten. Ehrlich.«

Kopfschüttelnd schob sie ihn weg. Nikolai sah ihr an, dass sie ihm nicht glaubte. Aber auch seine Mutter wollte offenbar keinen Zoff. »In der Familie streitet man nicht« war einer ihrer Sprüche, mit denen sie alle Risse zukleisterte. Sie zeterte zwar, wenn sie ihn bei Verbotenem erwischte. Aber dabei blieb es dann auch.

»Es ist noch Bohneneintopf da. Du hast bestimmt Hunger, oder?«, fragte sie, schon auf halbem Weg zurück in die Küche.

»Klar, Riesenhunger«, sagte er, um sie endgültig zu besänftigen.

»Und stell die Fußballschuhe nach draußen zum Auslüften!«

»Mach ich.« Nikolai brachte seine Sportsachen auf den Balkon. Als er die verschwitzten Adidas an die Wäscheleine klammerte, streifte sein Blick den Platz mit den Altglascontainern. Es dämmerte bereits, aber die Straßenlaternen reichten aus, um die Szene zu beleuchten: Da lehnte ein Junge am Container, den Rücken an die Betonwand gedrückt. Mann, sah der elend aus ... Sein Gesicht und sein Pulli waren voller Blut. Was war dem denn passiert? Und das zerknautschte Ding vor seinen Füßen, das war doch eine Kippa, oder nicht? Gehörte der Junge zur Gemeinde? Er hatte ihn jedenfalls noch nie gesehen. Was allerdings nichts zu bedeuten hatte, so selten, wie er sich im Gottesdienst blicken ließ.

»Hey!« Nikolai beugte sich über das Geländer. »Hey, du! Brauchst du Hilfe?!«

Der Junge zuckte zusammen und schaute hoch. In seinen Augen lag Verwirrung, als wüsste er nicht, wo er sich befand. Er öffnete den Mund, vielleicht um zu antworten. Doch er spuckte nur Blut aus.

»Warte, ich komme!«, rief Nikolai. In diesem Moment rollte ein Umzugswagen die Straße entlang und hielt ausgerechnet so, dass er ihm die Sicht versperrte. Einen Moment zögerte er, dann lief er los. »Bin gleich wieder da«, rief er seiner Mutter zu, während er zur Tür hinausrannte.

Als er bei den Containern ankam, war der Junge nicht mehr zu sehen. Nur die Kippa lag noch zwischen den Scherben. Nikolai nahm sie in die Hand und fasste in eine feuchte Mischung aus Blut und Spucke. Hastig ließ er sie fallen, nur um sie im nächsten Moment wieder aufzuheben. Mit spitzen Fingern trug er die Kippa zum Haus zurück. Er hatte das Gefühl, beobachtet zu werden, und zog unwillkürlich die Schultern hoch. Doch als er sich umdrehte, sah er nur ein Mädchen aus dem Umzugswagen klettern.

Zu Hause stopfte er die Kippa zusammen mit seinen Sportsachen und ein paar Handtüchern in die Waschmaschine. »Oha, es brechen neue Zeiten an«, sagte seine Mutter. »Mein Sohn weiß, wie man die Waschmaschine bedient.«

Für eine Sekunde überlegte er, ob er ihr von dem Jungen mit der Kippa erzählen sollte. Doch er ließ es lieber bleiben. Sie würde sich nur aufregen. Warum sollte er ihr Angst machen?

4

Leon wischte sich mit dem Ärmel seiner Jacke das Gesicht ab, bevor er den Schlüssel aus der Hosentasche zog und die Wohnungstür öffnete. Das Hellgrau der Marmorfliesen, die weiß getünchten Wände, die grellen Lichtfluter, die ganze klinisch saubere Wohnung überforderte ihn. Er lehnte sich an den Türpfosten zum Wohnzimmer und sah zu seinen Eltern hinüber. Sein Vater schnippelte an der Küchentheke Gemüse. Seine Mutter saß auf dem Sofa und tippte auf ihrem Handy herum. Als Leon »Hallo« murmelte, schauten sie kaum auf.

»Wolltest du nicht zum Kletterkurs?«, fragte sein Vater.

Seine Mutter schrieb ihre Nachricht zu Ende und musterte ihn dann genauer. »Du siehst ja furchtbar aus. Was ist denn passiert, Leon? Bist du abgestürzt? Ich hab doch gleich gesagt, dass das zu gefährlich ist!«

Leon presste die Lippen zusammen. Er wollte nicht schon wieder heulen.

»Nun zieh erst mal die schmutzigen Schuhe aus und dann setz dich.« Seine Mutter klopfte neben sich aufs Sofa.

Als Leon sich in dem Sessel gegenüber vom Sofa niederließ, verzog er das Gesicht vor Schmerz. Jetzt sah ihn auch sein Vater aufmerksamer an. »Sag bloß, ihr werdet nicht angeseilt?! Dann hat dein Trainer aber eine Klage am Hals, das verspreche ich dir.«

»Zeig mal, hast du da eine Schürfwunde? Bist du verletzt, Leon? Sollen wir den Notarzt rufen?« Seine Mutter strich ihm mit besorgter Miene die Haare aus der Stirn.

Leon antwortete mit einem kaum wahrnehmbaren Kopfschütteln. »Ist nicht nötig, Mama, ehrlich nicht. Und die Trainerin, die kann nichts dafür, Papa. Das waren … das waren …« Er stockte. Doch dann brach es aus ihm heraus, zusammen mit den Tränen, die er nicht mehr zurückhalten konnte. Der plötzliche Angriff, die Schläge und Tritte, die Schimpfwörter … Nur das geklaute Käppi, das sie ihm vom Kopf gerissen hatten, erwähnte er nicht. Das hatte er ja vor den Augen seiner Eltern nicht getragen.

»Die haben dich als Juden beschimpft?« Leons Vater war empört. »Das wird ja immer absurder. Unglaublich! Wo leben wir denn? Die zeigen wir an!«

Leon antwortete nicht. Klar, sein Vater hatte recht. Die Scheißtypen gehörten angezeigt. Doch eigentlich wollte er nichts anderes als unter seine Bettdecke kriechen und nie wieder daran denken. Löschtaste drücken, alles ausradieren.

»Haben sie dich beklaut, Leon?«

»Nein, Papa.«

»Aber was wollten die dann?«

»Keine Ahnung. Das waren einfach Idioten.«

»Aber …«

»Lass mal, Papa.«

»Ich glaube, Leon sollte erst einmal unter die Dusche«, meinte seine Mutter. »Alles andere können wir auch morgen erledigen. Bist du sicher, dass du keinen Arzt brauchst, Leon?«

»Ich bin okay, Mama.«

»Das Essen ist in einer Viertelstunde fertig.« Leons Vater schob das Gemüse vom Schneidebrett in die Pfanne.

»Ich hab keinen Hunger«, wehrte Leon ab. »Ich leg mich lieber hin.«

»Möchtest du wirklich nichts? Soll ich dir schnell eine heiße Brühe machen?« Seine Mutter wollte vom Sofa aufstehen.

»Danke, Mama, muss nicht sein.« Leons Magen rebellierte allein bei dem Gedanken daran, etwas zu sich zu nehmen. Selbst die Schmerztablette, die seine Mutter ihm anbot, lehnte er müde ab.

Mit einem *Pling* zeigte ihr Handy eine neue Nachricht an und sie warf ihm ein entschuldigendes Lächeln zu. »Dann ruh dich aus, Großer. Und du meldest dich, wenn was ist, ja?«

»Unglaublich«, murmelte sein Vater noch einmal, über die Pfanne gebeugt.

Mühsam rappelte sich Leon hoch und ging ins Badezimmer, wo er sich unter der Dusche das heiße Wasser in den Nacken prasseln ließ. Er war seiner Mutter dankbar, dass sie ihn in Ruhe ließ. Doch als er dann im Bett lag und ins Halbdunkel seines Zimmers starrte, hoffte er, sie würde noch mal nach ihm schauen. So wie früher. Wann hatte sie eigentlich damit aufgehört? Er zog seinen Stoffhund vom Regal, der da seit einer Ewigkeit einsam vor sich hin lag, und drückte ihn an sich. »Schlaf schön«, flüsterte er in den vertrauten Geruch hinein. Am liebsten hätte er Schnuffel von der Angst erzählt, die ihm immer noch durch den Körper pulsierte. Aber natürlich sprach er nicht mehr mit seinem Kuscheltier.

5

Yara saß auf dem Teppichboden, die Arme um die Knie geschlungen, und versuchte das Chaos um sich herum auszublenden. Aus dem Wohnzimmer, wo ihr Vater ein Regal aufbaute, drangen Hämmern und Klopfen. Um neun Uhr abends noch solch einen Krach zu machen, da hätten sich ihre früheren Nachbarn schon längst beschwert. Aber hier dröhnte aus der Wohnung über ihnen Techno-Gewummer und neben ihnen schien es einen ziemlichen Ehestreit zu geben, so wie die Leute sich anbrüllten. Yara hatte jetzt schon Heimweh nach ihrem alten Zuhause.

»Yara, bestell uns doch mal was«, hörte sie ihren Vater rufen. »Wie wär's mit einer großen Spinaci, einem Salat und zwei Tiramisus?«

»Bei Tonio? Liefern die auch hier?« Freudig sprang sie vom Bett. Vor lauter Rumräumerei war ihr gar nicht aufgefallen, wie hungrig sie war. Die Nummer des Pizzaladens hatte sie im Handy gespeichert. Sie bestellte öfter mal was, wenn ihr Vater spät nach Hause kam. Er gab Mal- und Bildhauerkurse an der Volkshochschule, und die fanden meist abends statt.

Eine halbe Stunde später saßen sie sich am Esstisch gegenüber und teilten sich die Spinatpizza. In der winzigen Küche füllte der Tisch fast den ganzen Raum aus.

»Und?« Yaras Vater lächelte. »Ist doch nicht ungemütlich, oder?«

Yara zuckte mit den Schultern. »Geht so«, sagte sie. »Wir gewöhnen uns schon dran.«

»Und wenn Maman da ist? Dann wird es ziemlich eng.«

»Wenn wir den Tisch ins Wohnzimmer stellen, können wir auch zu dritt dran sitzen.«

»Und wann kommt Maman?«

»Vielleicht schon über Pfingsten, und in den Sommerferien fahren wir zu ihr. Versprochen.«

Schweigend pikste Yara in dem Salat herum. Sie verstand noch immer nicht wirklich, warum sie aus ihrer schönen großen Wohnung ausgezogen waren, wenn ihre Mutter doch nur vorübergehend in Frankreich arbeitete. Sie kam doch wieder, oder nicht? Trauten die Eltern sich nur nicht, ihr zu sagen, dass sie sich scheiden ließen? »So ein Blödsinn, Kleines!« Maman hatte gelacht, als Yara sie gefragt hatte. »Wir sind eine Familie und ich liebe euch alle beide.« Und dann hatte sie von dieser tollen Chance geschwärmt, für ein Jahr in Südfrankreich bei einem archäologischen Projekt mitmachen zu können.

»Yara, die alte Wohnung war einfach zu teuer. Die hätten wir uns eh nicht mehr lange leisten können«, sagte ihr Vater jetzt, als hätte er ihre Gedanken gelesen. »Hier zahlen wir vierhundert Euro im Monat weniger.«

»Kein Wunder. In so einer öden Gegend …«

Ihr Vater ertrug ihre schlechte Laune geduldig. »Es gibt in der Nähe einen Jugendclub. Ich hab mal im Internet geguckt. Die bieten ganz schöne Sachen an. Eine Mädchengruppe, Tischtennis, Billard und sogar einen Kletterkurs. Hast du das Clubhaus gesehen? Wir sind vorhin dran vorbeigefahren.«

Yara nickte. Die Fassade mit den Graffiti war ihr auch aufgefallen. Nett von Papa, dass er sich bemühte, ihr den Umzug schmackhaft zu machen. Aber ganz allein in einen fremden Jugendclub zu gehen, war nicht gerade ihr Ding. Sie war nun mal nicht besonders cool.

»Komm, mach mal ein Selfie von uns, das schicken wir Mama«, schlug ihr Vater vor.

So grinsten sie also beide so fröhlich wie möglich in die Kamera. Und als keine zehn Sekunden später der Rückruf aus Frankreich kam, war für diesen Moment Yaras Welt wieder in Ordnung.

6

Es war Nikolais Grossmutter, die die gewaschenen Sachen aus der Maschine geholt und zum Trocknen aufgehängt hatte. »Seit wann chast du denn eine Kippa, Nikosch?«, fragte sie ihn, als sie gemeinsam beim Mittagessen saßen. »Die chab ich noch nie gesehen.« Man hörte immer noch ihren russischen Akzent, obwohl sie schon fast dreißig Jahre in Deutschland lebte.

Nikolais Mutter kam erst abends von der Arbeit und er fand es absolut okay, nur seine Babuschka um sich zu haben. Sie war deutlich entspannter als seine Mutter. Manchmal brachte er auf dem Heimweg von der Schule für sie beide Currywurst und Pommes mit, die sie dann mit viel Mayo und noch mehr schlechtem Gewissen verputzten. Das Ganze war so weit von koscherem Essen entfernt wie der Mond von der Erde ... Da half sicher auch das Dankesgebet nicht, das Oma Sofia hastig murmelte, obwohl sie nicht besonders religiös war. Das Einzige, worauf sie wirklich Wert legte, waren die Kerzen, die sie freitagabends zum Schabbat anzündete, verbunden mit einem Segensspruch. Sie sah dann immer ganz ernst und feierlich aus.

Nikolai sah von seinem Suppenteller hoch. »Die Kippa? Ach so, die hab ich gefunden«, sagte er. Nein, auch seiner Oma erzählte er lieber nichts von dem Jungen, der so übel zusammengeschlagen worden war. Sie machte sich genau wie seine Mutter ohnehin ständig Sorgen um ihn. Wenn er mal eine halbe Stunde später als verabredet nach Hause kam, befürchteten sie alle beide gleich ein Unglück.

»Gefunden?« Sie runzelte die Stirn. Doch dann lächelte sie. »Schön, dann chast du jetzt eine Kippa. Musst du nicht Mütze aufsetzen beim Beten. Wird sich deine Mutter freuen.«

»Ich wollte eigentlich mal gucken, wem sie gehört.«

»Frag deine Mutter. Die kennt alle jüdischen Männer chier.« Jetzt grinste Oma Sofia. Sie wussten beide, dass Ewa auch deshalb am Gemeindeleben teilnahm, um einen Ehemann zu finden. Nikolais Vater war schon fast zehn Jahre tot. Sofia verstand nicht, warum sich ihre Tochter nicht endlich mal für einen Mann entschied. »Musst du sein so wählerisch? Sogar auf der Sonne gibt es Flecken«, schimpfte sie manchmal mit Ewa. Aber ihre Gemeinde war nun mal nicht besonders groß. Da gab es nicht viele Männer, die infrage kamen, mit oder ohne Flecken. Und an Nikolais Vater kam niemand so leicht heran.

Nikolai hatte nur wenige Erinnerungen an ihn. Er wusste noch genau, wie er ihn einmal mit dem Motorroller mitgenommen hatte. Er hatte sich fest an ihn geklammert und das Gesicht an seine Lederjacke gedrückt. Es war großartig gewesen, aber Mama hatte sich furchtbar darüber aufgeregt. Ein so kleines Kind auf dem Motorroller! Kurz darauf war sein Vater verunglückt – mit dem Rennrad ... Nikolai hatte deshalb nicht Rad fahren dürfen und es nur heimlich von seinem Freund Cem gelernt. Bestimmt war er der einzige fünfzehnjährige Junge an seiner Schule, der noch nie einen Roller, ein Fahrrad oder ein Skateboard besessen hatte.

»Die Kippa gehört ja nicht unbedingt einem Erwachsenen«, antwortete er. »Könnte doch auch ein Junge sein. Gibt's hier in der Siedlung neuerdings noch eine jüdische Familie?«

Oma Sofia zuckte mit den Schultern. »Weiß nicht. Muss Gott

sei Dank niemand mehr einen Stern auf der Jacke tragen. *Noch* nicht jedenfalls!«

Nikolai nickte und begann das Geschirr zusammenzustellen. Er hatte keine Lust auf die Schwarzmalerei seiner Oma. Seine Gedanken wanderten zu dem Mädchen, das am Tag zuvor aus dem Umzugswagen geklettert war. Schräg gegenüber war anscheinend wirklich eine neue Familie eingezogen. War der blutverschmierte Junge der Bruder des Mädchens? Schade, dass er nicht darauf geachtet hatte, in welchen Eingang sie gegangen war. »Auf der anderen Straßenseite sind gestern Leute eingezogen, oder?« Nikolai sah seine Großmutter fragend an.

Doch die hatte davon nichts mitgekriegt, mittwochs war sie immer bei ihrer Schwester zum Kartenspielen. Sie musste nur sechs Stationen mit dem Bus fahren, aber wenn sie wieder heil zu Hause ankam, war sie so erleichtert, als hätte sie eine Abenteuerreise hinter sich. Wie sie es damals geschafft hatte, mit Mann und Kind aus ihrem russischen Dorf in eine fremde deutsche Großstadt zu ziehen, war Nikolai ein Rätsel. Er seufzte. Warum musste ausgerechnet er eine Familie haben, die sich ständig Sorgen machte?

Durch das gekippte Fenster drang Kindergeschrei in die Wohnung. Er ging auf den Balkon und sah nach unten. Ein paar Kids hatten sich auf dem schmuddeligen Platz mit den Müllcontainern versammelt, zwei hockten oben auf dem Betonkasten, vier andere dribbelten mit einem Ball herum. Es war eine ziemlich öde Gegend hier, in die niemand freiwillig zog. Aber eigentlich gab es alles, was er brauchte. Die Schule, den Fußballverein, den Jugendclub, wo man Billard spielen konnte, und das Einkaufszentrum. Nur keinen Laden mit koscheren Lebensmitteln – und das war gut so. Denn zumindest was Fleisch anging, achtete seine Mutter auf die Regeln. Und so hatte sie endlich eingewilligt, dass er ein Rad bekam, damit er zum Einkaufen ins Grindelviertel fahren konnte. Dort gab es mehr jüdisches Leben und auch die entsprechenden Läden. Sein Blick wanderte die Straße entlang. Um fünfzehn Uhr kam der Typ, der ihm sein gebrauchtes Stevens verkaufen wollte.

Eine halbe Stunde später drehte er ein paar Proberunden auf dem Platz und seine Großmutter schaute ihm von oben zu. »Vorsichtig, Nikosch!«, rief sie zum x-ten Mal, worüber sich die Kids natürlich schlapp lachten. Aber das war ihm egal. Er hatte ein eigenes Fahrrad. Ein Stück Freiheit! Er winkte seiner Großmutter zu, nahm Fahrt auf, bretterte über den Kantstein und bog auf die Straße ein. Einfach raus hier …

7

Leon hatte schlecht geschlafen, er hatte kaum gewusst, wie er liegen sollte. Beim Aufwachen taten ihm sämtliche Knochen weh, aber das Dröhnen in seinem Kopf hatte sich gelegt. Zum Frühstück löffelte er teilnahmslos sein Schälchen aus. Immerhin hatte er Hunger, obwohl die Honigpops, die seine Mutter ihm hingestellt hatte, wie Pappe schmeckten. Als sie ihn fragte, ob sie zur Hausärztin gehen sollten, lehnte er ab. Er war viel zu müde für so eine Aktion, die eh nichts brachte.

»Aber vielleicht hast du innere Verletzungen. Wenn wir Anzeige erstatten wollen, solltest du vorher untersucht werden«, sagte sie.

»Das sind bloß Prellungen.«

»Weswegen hattet ihr eigentlich Streit miteinander?« Leons Vater sah ihn prüfend an.

»Wir hatten keinen Streit! Ich kenn die Typen doch gar nicht!«

»Was wollten die denn von dir, wenn sie nicht mal was gestohlen haben?«, hakte sein Vater nach. Er trank den Kaffee im Stehen an der Theke, die die Küche vom Wohnzimmer trennte, und sah aus, als wollte er in der nächsten Sekunde aufbrechen. »Hast du sie denn irgendwie provoziert?«

»Nein!« Leon warf ihm einen bösen Blick zu. »Das waren einfach nur Arschlöcher, die Stress machen wollten.«

»Tja …« Seine Mutter schaute verstohlen auf ihre Armbanduhr.

»Vergiss die Sache, Mama. Ich würde die nicht mal wiedererkennen. Was soll ich da bei der Polizei?«

Sein Vater stellte die Espressotasse in die Spülmaschine. »Nun gut, deine Entscheidung, Leon. Dann gehe ich mal los. Bin eh spät dran, ich muss heute nach Bremen.«

Leon konnte ihm die Erleichterung ansehen. Klar hatte er keine Lust, irgendein wichtiges Treffen mit Kunden sausen zu lassen, um mit seinem Sohn auf einer Polizeiwache zu hocken. Und auch seine Mutter war offenbar froh, pünktlich im Geschäft sein zu können.

»Gönn dir heute noch ein bisschen Ruhe«, sagte sie. »Bleib lieber einen Tag zu Hause.«

Leon nickte. Doch als er dann allein am Frühstückstisch saß, wurde er kribbelig. Er knabberte an einer Toastbrotscheibe und verschüttete aus Versehen die Hälfte seines Kakaos. Was sollte er hier in der Wohnung abhängen? Da kamen nur die Bilder von gestern wieder hoch.

Er hatte seinen Eltern nicht die Wahrheit gesagt. Natürlich würde er die Typen wiedererkennen, selbst in hundert Jahren noch. Der Große mit der Glatze hatte irgendwelche Tattoos am Hals, die aus seinem Kragen zu kriechen schienen. Und der Kleinere, mit rötlichen Stoppeln auf dem rasierten Schädel, hatte wie das Sams ausgesehen, nur dünner. Absolute Honks, alle beide. Er hätte sie bei der Polizei zeichnen lassen können, so genau sah er sie vor sich. Und dann? Selbst wenn man sie erwischte, würden die nicht im Knast landen. Zwei gegen einen. Aussagen gegen Aussage. Das ging doch nach hinten los. Sogar sein eigener Vater hielt es ja für denkbar, dass Leon es war, der angefangen hatte.

Leon nahm seinen Schulrucksack und verließ die Wohnung. Auf der Straße sah er sich misstrauisch um, obwohl er nicht glaubte, dass die Idioten hier so früh am Morgen auftauchen würden. Die wohnten sicher nicht in dieser Gegend. Nein, die hatten ihm aufgelauert, auf dem Weg zur Kletterhalle. Aber warum? Das konnte doch nicht angehen, oder? Die kannten ihn doch gar nicht. Warum er? Nicht mal beklaut hatten sie ihn. Sein Handy, die teure Jacke, die Sporttasche, das Geld in seiner Hosentasche … alles noch da. Die hatten ihm einfach nur wehtun wollen. Wie krank war das denn?

8

Yara schlitterte mit ihrem Fahrrad über das Kopfsteinpflaster. Ausgerechnet heute, wo sie nach der Schule bei Frau Winter vorbeischauen wollte, hatte es passenderweise zu schneien begonnen. Mit vor Kälte steifen Fingern schloss sie ihr Rad am Gitter des Vorgartens an und schaute zum zweiten Stock hoch. Hinter den Fenstern war nur Leere, ihre Wohnung schien noch unbewohnt zu sein. Vielleicht könnten sie ja doch wieder hier einziehen, wenn Maman aus Frankreich zurückkam.

Dann fiel ihr Blick auf die goldenen Steine, von denen sie längst wusste, dass sie aus Messing waren, und sie holte tief Luft. Wie konnte sie rumjammern, nur weil sie in einen anderen Stadtteil umziehen musste? Ella war zwei Jahre jünger gewesen, als sie ihr Zuhause verloren hatte. Alles hatte sie verloren, für immer.

Als Yara lesen gelernt hatte und die Inschrift der Steine entziffern konnte, war es ihr klar geworden, dass die drei Steine kein Goldschatz waren. Sie sollten an ein furchtbares Unglück erinnern – an eine Familie, die am selben Tag und am selben Ort gestorben war. Ermordet! Das war einfach schrecklich. Immer wieder hatte sie sich ausgemalt, was wohl mit Ella und ihren Eltern passiert war, am 15. Mai 1942, in einem Ort namens Chelmno. Aber zum Glück hatte ihre Fantasie dafür nicht gereicht. Jetzt glaubte Yara endlich zu verstehen, warum Mama und Papa nicht mit ihr über die Steine sprechen wollten: Es war einfach eine zu gruselige Geschichte.

Die wahre Geschichte hatte sie dann erst von Frau Winter gehört. »Ich kann sie verstehen, Yara«, hatte Frau Winter ihr erklärt. »Sie dachten, dass das nichts ist, was man einem Kind erzählt.«

Yara musste lange warten, bis nach mehrmaligem Klingeln endlich die Tür aufging. Frau Winter brauchte immer endlos, um vom Wohnzimmer zum Türöffner zu trippeln. Aber dann setzten sie sich in die Sofaecke, stippten Kekse in den Tee und Frau Winter fragte Yara nach ihrem neuen Zuhause.

»Ach, langweilig«, winkte Yara ab. »Da ist nix los. Tote Hose.«

»Tote Hose? Papperlapapp. Überall ist was los. Man sieht es vielleicht nur nicht sofort. Überall, wo Menschen wohnen, passiert was, davon kannst du ausgehen. Und jedes Haus hat seine eigene Vergangenheit.« Frau Winter stützte sich an der Tischkante ab und stemmte sich hoch. »Warte mal, mein Mädchen, ich will dir was schenken«, sagte sie.

Nach einer gefühlten halben Stunde kam sie zurück. Yara war in dem überhitzten Zimmer schon fast eingeschlafen. Doch als sie sah, was jetzt vor ihr auf dem Tisch lag, wurde sie hellwach. »Aber das ist ja Ihr altes Fotoalbum!« Überrascht schaute sie von dem in brüchiges Leder gebundenen Album zu Frau Winter. »Ist das wirklich für mich?«

Yara ahnte, warum Frau Winter ihr das Album vermachte, das sie sich schon so oft zusammen angeschaut hatten. Es war wegen Ella. Denn auch Ella war auf einigen der alten Fotos zu sehen. Einmal zusammen mit Frau Winter im Hof: zwei Mädchen, ein blondes und ein dunkelhaariges, Arm in Arm, die Blonde einen halben Kopf kleiner. »Allerliebste Nachbarinnen«, hatte Frau Winters Mutter vor Urzeiten in einer altmodischen Schönschrift daruntergeschrieben. Irgendwie kaum zu begreifen, dass das grinsende pummelige Mädchen mit der Puppe auf dem Arm der gleiche Mensch war wie die runzelige, spindeldünne Frau Winter heute.

Yara schlug das Album auf und blätterte die Seiten um, bis sie das Foto von Ella und ihren Eltern fand. Sie hatten sich vor der Haustür aufgebaut, steif starrten sie in die Kamera. »Familie Cohen 1942«, stand unter dem Bild. »Da ist sie ungefähr zehn«, hatte Frau Winter ihr mal erklärt. »Schau, wie hübsch sie war. Sie hatte einen Zopf, der ihr bis zum Po ging. Um den hab ich sie immer beneidet.«

Yara betrachtete das Bild genauer und ein Schatten senkte sich auf sie: Ella stand genau an der Stelle, wo heute ihr Stolperstein lag.

Frau Winter trank ihren kalt gewordenen Tee aus. »So, ich brauche jetzt mein Nachmittagsschläfchen. Ich bin mal unhöflich und bringe dich nicht zur Tür.«

»Natürlich.« Yara steckte das Album in ihre Schultasche und stand auf. Als sie sich dann verabschieden wollte, hatte Frau Winter schon die Augen geschlossen und war eingedöst.

9

Nikolai fluchte. Jetzt besaß er endlich ein Fahrrad und dann eierte er im Schneckentempo herum, weil die Straßen spiegelglatt waren. Zweimal schon hatte er sich auf die Nase gelegt. Wenn seine Mutter das gesehen hätte, wäre sie ausgeflippt. Am Morgen, als sie ihn gebeten hatte, nach der Schule zum Einkaufen zu fahren, war noch Frühlingswetter gewesen. Und nun auf einmal Blitzeis!

Er stemmte sich gegen den Wind, die Kapuze über den Kopf gezogen. Nach wenigen Metern rutschte er schon wieder weg. Während er sein Rad wieder aufrichtete und sich den Matsch von der Hose klopfte, nahm er wahr, dass ihn jemand beobachtete. Ein Mädchen, das mit dem Rad an der Ampel stand.

»Grins nicht so!«, rief er ihr zu.

»Ich guck ja nur«, erwiderte sie. »Du wohnst doch bei uns in der Straße, oder?«

Jetzt schaute er genauer hin. Tatsächlich, das war die Neue aus der Siedlung. Sie hatte sich ebenfalls in ihre Sweatshirtkapuze vergraben, sodass er ihr Gesicht kaum sehen konnte. Aber jetzt erkannte er die braunen Locken, die ihr wirr in die Stirn hingen. »Stimmt«, antwortete er. »Ich hab dich auch schon gesehen. Ihr seid vor Kurzem eingezogen.«

»Ja, schräg gegenüber von dir. Hast du dir wehgetan?«

»Quatsch.«

Es wurde grün, und anstatt weiterzufahren, schoben sie ihre Räder über die Straße. »Vorher haben wir da gleich um die Ecke gewohnt.« Sie zeigte die Bogenstraße hoch. »Ich gehe hier noch zur Schule.«

»Sag bloß, ihr habt so spät noch Unterricht.«

»Nee, ich hab unsere alte Nachbarin besucht. Und was machst du hier?«

»Einkaufen. Bratwürste und Hühnchen.«

»Ist ja eklig. Wer isst denn tote Tiere?« Sie schaute ihn missbilligend an.

Nikolai verzog das Gesicht. Na toll, jetzt kam also eine Vegetarier-Predigt. »Eine Menge Leute. Unter anderem ich«, antwortete er.

»Und in Eimsbüttel gibt es besonders gutes totes Fleisch?«

»Ganz genau.« Er lenkte sein Rad nach links. »Ich muss los. Tschüss dann.«

»Tschüss«, hörte er sie murmeln. War sie eingeschnappt, weil er sie so abrupt stehen ließ? Er drehte sich noch mal um. »Sorry, hab's eilig. Ich weiß nicht, wie lange der Laden aufhat«, sagte er ein bisschen freundlicher. »Sag mal ... Hast du eigentlich einen Bruder?«

»Nee, zum Glück nicht. Ich wette, der würde auch Bratwürste essen. Warum?«

Nikolai zuckte mit den Schultern. Da war er also auf dem Holzweg gewesen. »Nur so ... egal. Mach's gut.« Vorsichtig schwang er sich auf sein Rad und fuhr los. Nur nicht noch mal vor ihren Augen hinfallen und sich zum Trottel machen. Irgendwie ein komisches Mädchen. Ein bisschen schüchterte sie ihn ein mit ihrem prüfenden Blick. Dabei war sie sicher jünger als er.

10

Obwohl sich Leon noch längst nicht wieder fit fühlte, ging er zum Kletterkurs. Die Trainerin war der Ansicht, dass man mindestens scheintot sein musste, wenn man nicht auftauchte. »Auch wenn du selbst mal nicht klettern kannst, lernst du trotzdem was. Schau genau hin. Dann begreifst du, warum manche Moves klappen und andere nicht.«

An diesem Dienstagabend saß außer Leon noch jemand auf der Zuschauerbank. Ein Mädchen hatte im Eingangsbereich rumgelungert, bis die Trainerin sie angesprochen hatte. »Kannst gerne reinschnuppern«, hatte sie zu ihr gesagt. »Setz dich erst mal zu Leon. Der kann dir erzählen, wie es hier abläuft.«

»Was ist dir denn passiert?«, fragte das Mädchen, als sie sein geschwollenes Gesicht und die blauen Flecken an den Armen bemerkte. »Warst du etwa nicht angeseilt?«

Er grinste schief. »Du hörst dich an wie mein Vater. Und außerdem heißt das ›gesichert‹.«

»Okay. Aber anscheinend kann man trotzdem ganz schön runterknallen.«

»Passiert ständig. Würde ich mir echt überlegen, ob du mitmachen willst.«

»Ehrlich?!«

Leons Grinsen wurde breiter. »Scherz.«

Gekonnt zog sie eine Augenbraue hoch, worum Leon sie sofort beneidete, weil es super lässig aussah. Ansonsten wirkte sie eher unscheinbar. Mausbraune halblange Locken, mausbraune Augen, schlabberiges T-Shirt, das ihr zwei Nummern zu groß war. So mager, wie sie war, kam sie bestimmt leicht die Wand hoch. »Du müsstest vielleicht ein bisschen mehr Muskeln aufbauen«, meinte er.

An der Kletterwand mühte sich gerade einer an den letzten Griffen ab. »Im Ernst: Bist du wirklich von da oben abgestürzt?«, fragte das Mädchen.

»Nee, das hatte nichts mit dem Training zu tun.« Einen Moment starrte Leon schweigend auf seine Sneaker. Dann gab er sich einen Ruck. »Ich bin zusammengeschlagen worden.«

Erschrocken sah sie ihn an. »Wirklich?«

»Ja, wirklich.«

»Von wem das denn?«

»Keine Ahnung. Glatzen. Nazis ...«

»Nazis?!«

»Scheint so.«

»Wo denn?«

»Ich war auf dem Weg zur Halle und da haben sie mich überfallen. Zwei Typen.«

Das Mädchen machte ein so entsetztes Gesicht, dass er seine coole Haltung aufgab. »Ich hab überhaupt nicht kapiert, was los war«, sagte er leise. Plötzlich war die Angst wieder da. Seine Bauchmuskeln verkrampften sich, als müsste er sich vor Fußtritten schützen.

»O Mann ... Hast du dolle Schmerzen?« Ihre Stimme war voller Mitgefühl.

»Geht schon. Nächste Woche kann ich sicher wieder trainieren. Ich ...« Er setzte sich ein bisschen aufrechter hin. »Neulich waren wir bei einem Turnier in Frankfurt. Und rate mal, wer den ersten Platz gemacht hat!«

Sie hatte gar nicht richtig zugehört. »Ich wusste nicht, dass es hier Nazis gibt«, sagte sie.

»Vielleicht waren es auch einfach nur Vollidioten. Die gibt's doch überall.« Leon lachte auf. »Vollidioten, die sich als Nazis ausgeben, um sich wichtigzumachen. Ist ja eigentlich auch egal.«

»Egal? Das ist doch nicht egal!«

»Können wir mal das Thema wechseln?« Leon verschränkte die Arme vor der Brust. Hoffentlich waren die blauen Flecken bald weg. Es ging ihm auf die Nerven, überall darauf angesprochen zu werden. In der Schule hatte er tatsächlich erzählt, er wäre beim Klettern abgestürzt. Klang eindeutig cooler, als zugeben zu müssen, dass er zusammengeschlagen worden war.

Eigentlich war es total bescheuert, sich dafür zu schämen. Wenn sich jemand schämen sollte bis in alle Ewigkeit, dann waren es die beiden Schlägertypen. Und trotzdem: Sobald er daran dachte, wie er hinter den Mülltonnen im Dreck gelegen hatte, zusammengekrümmt und voller Angst, schoss ihm vor Scham das Blut in den Kopf. Er würde das alles am liebsten einfach vergessen. Merkwürdig, dass er ausgerechnet diesem fremden Mädchen die Wahrheit erzählt hatte.

11

Als die Trainerin Yara fragte, ob sie die Wand nicht mal ausprobieren wollte, zögerte sie. Sie war ja erst mal nur zum Zuschauen gekommen. Aber vielleicht war es Leons Erzählung von dem Überfall, die sie dazu brachte aufzustehen. Seit Minuten saß er verstummt neben ihr und sie konnte hören, wie er mit den Zähnen an seinem Daumennagel herumknabberte. Es war beklemmend, sich auszumalen, wie er von Nazis zusammengeschlagen worden war. Nazis! Allein bei dem Wort bekam sie eine Gänsehaut.

Also nahm sie ihren ganzen Mut zusammen. Meter für Meter hangelte sie sich nach oben, ohne einmal in die Tiefe zu schauen. Ab und zu gab ihr die Trainerin Tipps, welcher Griff sich als Nächstes anbot. Die anderen Jungs und Mädchen beobachteten sie natürlich, was sie zusätzlich nervös machte. Ein paarmal war sie kurz davor aufzugeben, weil ihre Muskeln vor Anstrengung zitterten. Aber sie schaffte es, sie kam die ganze Wand hoch! Ihre Augen leuchteten, als sie unter dem Applaus der Gruppe wieder auf der Matte stand und den Gurt löste.

Leon klopfte ihr auf die Schulter. Er schien fast genauso stolz wie sie zu sein, als wäre er ihr Manager. »Leute, ich hab's gleich gewusst«, verkündete er der ganzen Runde. »Sie ist ein Naturtalent.« Er war wie ausgewechselt.

Nach dem Ende des Trainings steckte Yara den Anmeldebogen ein, fest entschlossen, ihn auszufüllen. Dann war der Umzug wenigstens für etwas gut gewesen!

Als sie vor der Halle ihre Handschuhe anzog und aufs Rad stieg, tauchte auch Leon auf. Es dauerte eine Sekunde, bis sie ihn mit der Kapuze erkannte.

»Wohnst du hier in der Nähe?«, fragte er.

»Ja, seit Kurzem. Keine fünf Minuten. Und du?«

»In Altona«, antwortete er. »Meistens nehme ich die Bahn.«

Es war schon dunkel. Yara kam der Gedanke, dass Leon vielleicht Angst hatte, allein zu gehen – nach dem, was ihm passiert war. Jetzt beschlich auch sie ein ungutes Gefühl. Hatte er nicht gesagt, dass ihm diese Schlägertypen auf dem Weg zur Halle aufgelauert hatten? O Mann, was war denn das für eine Gegend hier?! Vielleicht sollte sie sich das mit der Klettergruppe doch noch mal überlegen.

Während sie im Schritttempo neben Leon herfuhr, machte er auf locker. Er schwärmte von Winnie, der Trainerin, die sich immer wieder neue Aufgaben ausdachte, um das Training abwechslungsreich zu machen. Auch die anderen aus der Gruppe seien okay, vor allem die Mädchen. Yara sah ihn von der Seite an.

»Ich bin ein Weiberheld, nur zur Info«, sagte er.

»Was? Hast du sie noch alle?«

»Du fällst auch auf jeden Witz rein.« Jetzt lachte er. Ohne Vorwarnung schwang er sich auf den Gepäckträger ihres Fahrrads und hielt sich an ihrer Jacke fest. »Fährst du mich zur S-Bahn?«

»Träum weiter«, antwortete sie, trat aber trotzdem stärker in die Pedale, um nicht ins Schlingern zu geraten.

»Ist doch nicht mehr weit, nicht mal ein Kilometer. Eigentlich wollte mich die Mutter von Jonas mitnehmen. Aber die Mädchen haben sich vorgedrängelt und für mich war kein Platz mehr.« Jetzt klang er sauer, aber auch ein bisschen verzweifelt. »Wenn du willst, fahr ich und du sitzt hinten drauf.«

»Nee, lass mal«, sagte Yara. In diesem Moment erreichten sie die Abzweigung in ihre Straße und sie wurde langsamer.

»Bitte«, hörte sie Leon leise sagen.

Sie redeten nicht mehr, bis sie bei der Station ankamen. Die Lichter der näher kommenden S-Bahn waren schon zu sehen, als Leon vom Rad stieg. »Danke!«, rief er, während er auf den Eingang zulief. Erst jetzt bemerkte sie sein leichtes Humpeln. Am Fuß der Treppe drehte er sich noch mal um und winkte ihr zu. »Du bist echt stark!« Er hatte wieder sein breites Grinsen aufgesetzt und auch Yara musste lächeln. Ob sie wollte oder nicht – sie mochte diesen verrückten Jungen.

12

Nikolai duckte sich, doch sein Versuch, sich hinter dem Regal mit den Fußballschuhen zu verstecken, klappte nicht. Vom anderen Ende des Geschäfts winkte ihm ein Mann zu, den er schon ein paarmal im Gemeindehaus gesehen hatte.

»Schalom, Nikolai!«, rief der Typ quer durch den Raum. Und da kam er auch bereits freundlich grinsend angedackelt, im Schlepptau seinen Sohn. Wie hieß der noch? Nikolai konnte sich nicht an den Namen des Jungen erinnern. »Schalom, Niko!«, kiekste auch der lautstark. Wahrscheinlich war er gerade im Stimmbruch.

»Aleichem schalom«, murmelte Nikolai, ohne den Kopf zu heben. Mann, er hasste das. Jetzt starrten die anderen im Laden natürlich zu ihnen hinüber. Warteten sie darauf, dass sich die drei Juden an den Händen fassten, um einen israelischen Kreistanz aufzuführen?

»Kaufst du Fußballschuhe?«, fragte der Mann. »Wir müssen für Aaron auch noch welche aussuchen. Seine Füße wachsen schneller als das Gras auf der Wiese.«

Nikolai sah ihm immer noch nicht ins Gesicht. Sein Blick war an der offenen Jacke seines Gegenübers hängen geblieben. Beziehungsweise an dem goldenen Davidstern, der an einem Kettchen auf seinem Hemd baumelte. Puh, der ließ ja keine Fragen offen. Hatte der gar keine Angst? Nikolai spürte die Neugier der Kundin, die auf der anderen Seite des Regals stand. »Weiß nicht, ich schau mich nur mal um«, antwortete er.

»Spielst du im Verein?«, fragte ihn der Junge.

»Ja. Bei Altona 93.«

»Aaron würde so gerne beim TuS Makkabi spielen«, sagte jetzt der Mann. »Aber es gibt einfach zu wenig Jungs für eine richtige Mannschaft.« Er klang, als wollte er Nikolai auffordern, sich auf der Stelle bei dem jüdischen Sportverein zu melden. Aber das hatte schon Nikos Mutter vergeblich versucht. Warum sollte er weg von 93, wo all seine Freunde waren?

»Wir wären sowieso nicht dieselbe Altersklasse.« Er lächelte den Knirps ein wenig herablassend an.

»Wie alt bist du, Nikolai? Spielst du schon in der C-Jugend? Trainierst du vielleicht für die Makkabiade? Du weißt, dass man sich da auch als Einzelspieler anmelden kann, oder?« Aarons Vater feuerte eine Frage nach der anderen ab.

»Das will ich später unbedingt machen!«, krähte Aaron.

»Klar, das ist ein Riesending.« Nikolai nickte. Und jetzt war sein Lächeln echt. Die Makkabiade ... von der träumte er tatsächlich auch. Die wäre eine echte Chance, richtig groß rauszukommen. Für die Bundesliga oder gar die deutsche Nationalmannschaft würde er nie im Leben gut genug sein, das war ihm klar. Da konnte er noch so hart trainieren. Aber um sich für das Turnier bei der europäischen Makkabiade zu qualifizieren, reichte es vielleicht. Da war die Konkurrenz nicht so groß, weil es nicht so viele Juden gab, die Fußball spielten. Und danach die internationalen jüdischen Weltspiele in Israel!

»Du kannst dich fürs Trainingscamp anmelden, zum Großlehrgang. Wenn man gut ist, kommt man in die Auswahlmannschaft, oder, Papa?« Aaron schaute seinen Vater begeistert an.

»Schön wär's.« Nikolai verzog das Gesicht. Das Thema hatte

zu Hause nur zu Stress geführt. Seine Mutter wollte absolut nichts davon wissen. Allein zum Trainingscamp nach Frankfurt? Und dann in irgendein Land, irgendwo in Europa, zusammen mit Tausenden von Juden?! Das lockte doch die übelsten Attentäter an, das war viel zu gefährlich! Zumal in diesen Zeiten, wo der Antisemitismus immer schlimmer wurde. Und wenn seine russische Abstammung bekannt wurde ... Seit dem Überfall auf die Ukraine war die ganze Welt schlecht auf Russen zu sprechen.

All diese überflüssigen Ängste, mit denen sie ihm das Leben vermieste. Mann, wenn bloß sein Vater noch leben würde. Von dem hätte er bestimmt Unterstützung bekommen, so wie Aaron von seinem Vater.

Als Nikolai, ohne etwas gekauft zu haben, den Laden verließ, war er in nutzlose Grübeleien vertieft. Trotzdem hörte er das Getuschel der Kunden an der Kasse. »Das waren Juden, oder?« Sie sprachen das Wort so leise aus, als dürften sie es nicht benutzen.

Auf dem Weg zurück fuhr er schnell und riskant. Er trat voll in die Pedale, den Kopf über den Lenker gesenkt. Für einen Moment kam ihm der Gedanke, einfach weiterzufahren, nicht nach Hause, sondern weiter und weiter, durch Deutschland hindurch bis zu den Alpen und dann in den Süden. Raus aus der grauen Stadt und dem Nieselregen und dem fiesen Wind, der immer von vorne kam.

Wieso hatten sich seine Eltern nicht für Israel entschieden? Da war man als Jude einfach nur einer unter Millionen. Aber klar, er war ja nicht komplett naiv: Das Leben in Israel war alles andere als einfach.

Er wusste, dass seine Eltern sich bei einem Tanzabend in Tel Aviv begegnet waren, als Ewa eine Reise nach Israel gemacht hatte. Es musste wohl ziemlich schnell gefunkt haben … Aber dann? Wieso war sein Vater nach Hamburg gegangen, statt dass seine Mutter nach Tel Aviv zog, als sie sich ineinander verliebten? Hatte es seinem Vater nichts ausgemacht, ausgerechnet nach Deutschland zu ziehen? Wie war es für ihn gewesen, in dem Land zu wohnen, wo vor dem Krieg seine Familie gelebt hatte? Seine Familie, die von den Nazis fast völlig ausgelöscht worden war. Es war so ungerecht, dass er seinen Vater das alles nie würde fragen können!

Nikolai bog auf die Grindelallee ab. Der Regen lief ihm in den Kragen und seine Laune war mindestens so mies wie das Wetter. Noch nicht einmal die passenden Fußballschuhe hatte er in dem Outlet gefunden. Grimmig steigerte er sein Tempo. Er brachte seine ganze Kraft auf die Pedale. Rechts, links, rechts, links … Er spürte nur noch den Rhythmus des Tretens und die Freude an der eigenen Stärke.

13

Leon trabte schwerfällig hinter Yara durch die Halle, er war ganz eindeutig noch angeschlagen. Aber er hatte darauf bestanden, zumindest das Aufwärmtraining mitzumachen. »Nun renn doch nicht so, Delamare!«, hörte sie ihn stöhnen.

Yara warf ihm einen genervten Blick zu. »Wie wär's, wenn du dir mal meinen Vornamen merkst?«

»Yara, oder?« Schnaufend holte er sie ein. »Hey, mit dem Namen musst du Schauspielerin werden. Yara Delamare! Oder Influencerin.«

Sie rollte mit den Augen. »Bestimmt nicht. Ich will Geschichte studieren.«

»Langweiliger geht's ja wohl kaum.« Er zupfte sie an den Haaren. »Du könntest mich heiraten. Leon Delamare – das klingt nicht schlecht, finde ich. Jedenfalls besser als Leon Meyer.«

»Haha.« Yara erhöhte ihr Tempo, sodass Leon nicht mithalten konnte. Warum quatschte er auch pausenlos? Manchmal hatte sie das Gefühl, dass er so viel redete, um nicht denken zu müssen. Nachdenken ... zum Beispiel darüber, was das für Typen gewesen waren, die ihn zusammengeschlagen hatten.

Als Yara ihrem Vater von Leons Erlebnis erzählt hatte, war seine Reaktion lauwarm gewesen. Schlimm, schrecklich, aber vielleicht waren das nur aggressive Halbstarke gewesen und keine echten Nazis. »Halbstarke? Was soll das denn heißen? Das waren brutale Nazis! Und seit wann gibt es echte und unechte Nazis?!«, hatte Yara sich aufgeregt. Ihr Vater hatte ein hilfloses Gesicht gemacht und gemeint, dass sich Leons Eltern darum kümmern müssten.

Frau Winter dagegen hatte die Sache sehr ernst genommen. »Der Junge muss zur Polizei gehen«, hatte sie gesagt. »Bei jedem solcher Vorfälle muss es eine Anzeige geben! Und an die Zeitung sollte er sich auch wenden. Sonst heißt es hinterher wieder, dass keiner was gewusst hat.«

Leon hatte über diesen Vorschlag den Kopf geschüttelt. »Ach was, das bringt doch eh nichts. Und ich will das nicht noch mal aufwühlen«, hatte er gemeint. »Ich will das einfach nur vergessen.«

»Guck mich nicht so mitleidig an«, sagte er jetzt. »Ich hab gestern Abend ein Bierchen zu viel getrunken, sonst würde ich dich mit links abhängen, Delamare.«

Nach dem Training trafen sie sich vor der Halle. Yaras Vater arbeitete bis spät und Leons Eltern waren bei Freunden eingeladen, daher hatten sie verabredet, gemeinsam Pizza zu machen. Leon bot an einzukaufen und wie selbstverständlich schwang er sich auf Yaras Gepäckträger.

Beim Supermarkt an der Ecke hielt sie an, um ihn absteigen zu lassen. »Die letzten Meter wirst du ja wohl zu Fuß schaffen«, sagte sie. »Du kannst da vorne rechts die Abkürzung nehmen. Und dann bis Hausnummer 13 a, das ist schräg gegenüber von den Müllcontainern.«

»Die Altglascontainer?«

»Genau. Ich fahr schon mal los und mach den Backofen an.«

»Wieso das denn?«

»Den muss man vorheizen.«

»Was? Ach so ... logisch ... Kein Ding, fahr mal los.«

»Oder soll ich lieber mitkommen, Leon?« Yara musterte ihn.

»Nein! Echt kein Ding. Bis gleich.« Er winkte ihr zu und schlenderte lässig durch die Schiebetüren des Supermarkts.

Kein Ding ... Yara war ja nicht blöd. Egal wie locker Leon tat: Er hatte immer noch Angst. Kurz entschlossen stellte sie ihr Rad ab und folgte ihm in den Laden. »Ich pass lieber auf, dass du keine Pizza mit Quälfleisch kaufst«, sagte sie, als sie ihn am Tiefkühlregal einholte.

»Na, hätte ich mir ja denken können, dass du auf Veggie stehst.« Leon überspielte seine Erleichterung und Yara musste an den Jungen denken, der so gern Bratwürste aß. Seit der Begegnung in Eimsbüttel hatte sie ihn nur einmal kurz auf dem Balkon gegenüber gesehen.

Genau in diesem Moment tauchte er mit einem Einkaufswagen am anderen Ende des Gangs auf. Was war das denn für ein Zufall? »Hallo!« Sie winkte ihm zu. Doch der Junge beachtete sie kaum. Er strich sich die dunklen Haare aus dem Gesicht und starrte Leon an. Und Leon kniff die Augen zusammen, als würde er den Fremden abchecken.

Die beiden kannten sich ganz offensichtlich. Aber warum sagte keiner von ihnen ein Wort?

Auf einmal durchzuckte Yara die bittere Erkenntnis: Der Junge war bestimmt einer der Schlägertypen! Sie biss sich auf die Unterlippe. Eigentlich sah er doch ganz sympathisch aus. Er hatte etwas Zurückhaltendes an sich, das ihr gefiel ... und jetzt war das also ein Nazi?! Beunruhigt schaute sie sich um. War hier jemand, der eingriff, falls der Typ auf Leon losging?

Der Junge räusperte sich. »Hey, hallo ... Geht es dir besser?«, fragte er Leon.

»Ja. Geht schon.«

»Ich wollte dir helfen. Aber du warst schon weg. Ich hab deine Kippa eingesteckt. Ich hab sie gewaschen.«

»Du meinst das Käppi? Super, danke. Kannst du gerne behalten.« Leon klang eigenartig verlegen.

»Nein, das ist doch deine«, antwortete der Junge.

»Lass man. Ehrlich.«

Yara verstand nicht, was da gerade abging. Sie begriff nur, dass da kein Hass zwischen den beiden war. Erleichtert atmete sie auf.

»Geht ihr gleich zu dir?«, wandte sich der Junge an Yara. »Du wohnst doch gegenüber, oder? Dann könnten wir zusammen zurück und ich hole schnell die Kippa aus der Wohnung.«

Yara nickte, obwohl sie immer noch irritiert war. Von welcher Kippa sprach er bloß? Das war doch die kleine runde Mütze, die Juden manchmal auf dem Hinterkopf trugen. Wieso besaß Leon denn so was? Davon hatte er gar nichts erzählt. War er Jude und war deshalb überfallen worden? Wieso wollte er nicht, dass sie das wusste? Irgendetwas stimmte hier doch nicht.

14

Eine halbe Stunde später saßen sie zu dritt bei Yara im Zimmer auf dem Teppich, teilten sich die Pizzen und redeten – das heißt, es war vor allem Leon, der erzählte. Als Nikolai bei Yara geklingelt hatte, um die Kippa vorbeizubringen, hatte sich Leon geradezu geweigert, sie anzunehmen. Und nun gestand er kleinlaut, dass er das Ding einem Fremden vom Kopf geklaut hatte.

»Du hast einem Juden die Kippa gestohlen?« Yara sah ihn ungläubig an.

»Wusste ich ja nicht …«, murmelte Leon.

»Und du bist damit einfach so rumgelaufen?«

»Wusste ich ja nicht!«, wiederholte er.

»Mensch, Leon!« Yara funkelte ihn an. Sie war total empört. Für den Mann war das doch bestimmt schrecklich gewesen. Antisemitismus nannte man so etwas!

»Es tut mir ja leid.« Leon machte ein fast trotziges Gesicht. »Aber weißt du, Yara, dafür bin ich auch übelst zusammengeschlagen worden. Nur weil ich ein einziges Mal so ein Käppi aufhatte.«

»Kippa heißt das!«

»Ja, sorry.«

»Das war echt das erste Mal, dass du sie getragen hast? Hast du nicht erzählt, diese Nazis hätten dir extra aufgelauert?«

Leon zuckte mit den Schultern. »Wirkte so.«

Yara schaute von Leon zu Nikolai. Wieso sagte der eigentlich nichts? War ihm das alles egal? Er drehte am Rad des Pizzaschneiders herum, als gäbe es nichts Wichtigeres auf der Welt. Das konnte ihn ja wohl nicht kaltlassen, wenn jemand von Nazis zusammengeschlagen wurde?

Nikolai spürte Yaras auffordernden Blick und beugte sich unwillkürlich noch tiefer über seine Pizza. Während Leons Schilderung war in ihm ein bedrückendes Gefühl aufgestiegen, vom Magen hoch bis in die Kehle. Eine Mischung aus Wut und Ohnmacht und einem diffusen Schuldgefühl. Er sah Leon vor sich, wie er blutverschmiert an den Müllcontainern gelehnt hatte.

Plötzlich war es ihm klar: Der Angriff hatte ihm gegolten, nicht Leon. Auf ihn hatten sie gewartet, ihm hatten sie aufgelauert! Wer waren diese Typen? Es wusste doch kaum jemand, dass er Jude war. Er sprach eigentlich nie darüber, weder in der Schule noch im Fußballverein. Warum auch? Es hatte keine große Bedeutung für sein Leben. Abgesehen davon, dass er wahnsinnig gerne an der Makkabiade teilnehmen wollte.

Okay, es war immer noch ganz schön, im Gemeindehaus Pessach zu feiern und zu Chanukka Süßigkeiten zu bekommen. Als Kind hatte er die Schabbatabende geliebt, wenn die Wohnung nach frisch gebackenem Brot roch. Kerzen wurden angezündet, der Tisch festlich gedeckt, Gebete gesprochen und Lieder gesungen. Er hatte die Worte nicht verstanden, weil sein Vater sie auf Hebräisch gesprochen hatte und seine Mutter auf Russisch. Als sein Vater nicht mehr lebte, war meist die Großtante mit ihrer Familie gekommen, um die schreckliche Lücke mit Lärm zu füllen. Doch gesungen wurde nicht mehr, nur Großmutters Segensspruch hatte die Zeiten überlebt.

Mittlerweile hatte er am Freitagabend eh was Besseres vor, als zu Hause zu hocken oder mit seiner Mutter ins Gemeindehaus zu gehen. Oft verdrückte er sich direkt nach dem Essen zu Cem, um zu zocken. Was er streng genommen nicht durfte, weil ja Schabbat war und man keine elektrischen Geräte benutzen sollte. Aber wenn er dann nach Hause kam, lief sowieso der Fernseher. Seine Mutter hatte auch keine Lust, auf ihre Quizshows zu verzichten. Mamotschka … Wenn die erfuhr, dass man ihm aufgelauert hatte, würde sie ihn zu Hause festbinden! Und Oma Sofia würde einen Herzinfarkt bekommen.

Er seufzte. Vielleicht bildete er sich ja nur ein, dass der Überfall ihm gegolten hatte. Woher hätten die Typen denn wissen sollen, dass er Jude war? Wurde irgendwo getuschelt und gehetzt: »In Nummer 14 wohnt eine jüdische Familie«? Oder waren es doch Idioten aus der Schule gewesen? Neulich hatte ihm jemand »Judenschwuchtel« hinterhergerufen, was so dämlich war, dass er darauf nicht reagiert hatte. Aber seit dem Ukrainekrieg hatte er auch immer wieder mal »Scheißrusse« zu hören bekommen, obwohl er niemandem erzählte, woher seine Familie ursprünglich kam. Wer tratschte eigentlich so was rum? Woher hatten die das?

O Mann, seine Gedanken drehten sich im Kreis. Er sah zu dem Käfig hinüber, in dem die arme Maus wie eine Verrückte in ihrem Laufrad auf der Stelle rannte.

»Hallooo.« Yara stupste ihn an. »Bist du noch da?«

Nikolai drehte sich zu ihr. »Sorry. Was hast du gefragt?«

»Ob du nicht auch findest, dass Leon die Typen hätte anzeigen müssen?«

»Doch. Klar. Das war ja keine Kleinigkeit. Mit so was muss man zur Polizei gehen. Das hat auch unser Rabbi gesagt.«

»Welcher Rabbi?« Yara guckte erstaunt.

»Was für ’n Rabbi?«, echote Leon eine halbe Sekunde später.

»Der von unserer Gemeinde«, antwortete Nikolai.

»Ein jüdischer Rabbi?«, fragte Yara und wusste im selben Moment, dass das eine dumme Frage war. Andere Rabbis gab es ja schließlich nicht.

»Logisch«, meinte Nikolai. Und nun war er es, der redete – in knappen, nüchternen Sätzen, die nichts von der Tragik der Geschichte verrieten. Er erzählte, dass sein Vater in Israel geboren worden war, wohin sein Großvater damals nach dem Krieg ausgewandert war. »Mein Opa stammt aus Berlin. Er hat als Einziger aus seiner Familie die Nazizeit überlebt und wollte niemals wieder nach Deutschland zurück«, sagte Nikolai. »Er fand es ganz schrecklich, dass sein Sohn nach Hamburg gezogen ist.« Und auch von seiner anderen Großmutter erzählte er, Oma Sofia, die aus Russland gekommen war, weil sie sich in Deutschland für ihre Tochter ein besseres Leben erhofft hatte.

»Spielt normalerweise keine große Rolle, dass ich Jude bin. Aber ...« Er stockte. »Aber wenn so ein Scheiß passiert ... dann ...« Plötzlich brach die Wut aus ihm heraus. »Ist doch ziemlich klar, oder? Die hatten es auf mich abgesehen! Mich wollten sie zusammenschlagen! Immer und überall gibt es Menschen, die Juden hassen!«

Ein paar Sekunden war es still und man hörte nur das unermüdliche Sirren des Laufrads im Käfig. Nikolai war plötzlich erschöpft, als wäre er selbst Langstrecke gerannt.

Leon spürte, wie sich seine Muskeln wieder verkrampften. Er hatte den Hass ja am eigenen Leib erlebt, aber er verstand ihn einfach nicht. Warum gab es Menschen, die Juden hassten? Wie konnte man jemanden hassen, den man gar nicht kannte? Wie konnte man überhaupt Spaß daran haben, andere zu quälen?

Und Yara? Yara sah auf einmal Ella vor sich, das Mädchen, an das sie seit dem Umzug viel weniger gedacht hatte als früher. Frau Winters Fotoalbum lag unberührt in der Schreibtischschublade. Auch Ella war geschlagen und gedemütigt worden, von Hitlerjungen, auf dem Weg zur Schule. Frau Winter hatte das einmal erwähnt – mit einem so finster-traurigen Gesicht, dass Yara nicht gewagt hatte nachzufragen. Das war so unvorstellbar schrecklich. Warum passierte so was denn immer noch? Leon durfte den Überfall nicht einfach so hinnehmen. Leon nicht, Nikolai nicht und sie auch nicht. Solche Typen durften nicht ungestraft davonkommen. Die musste man anzeigen!

15

Yara und Leon verließen die Polizeiwache mit unterschiedlichen Gefühlen. Leon war vor allem erleichtert, das Gespräch hinter sich zu haben. Yara dagegen war schwer enttäuscht. Nun hatte sie Leon dazu gebracht, Anzeige zu erstatten, und dann waren sie einfach wieder weggeschickt worden!

Der Polizeibeamte hatte sich die ganze Geschichte in Ruhe angehört. Und dann hatte er sie mit einem Lächeln bedacht, als wären sie Kitakinder. »Jetzt hör mir mal zu«, hatte er zu Leon gesagt. »Wenn ihr Jungs euch kloppt, dann solltet ihr schon die Spielregeln einhalten. Auf jemanden eintreten, der am Boden liegt, geht wirklich zu weit. Doch ich denke, das kriegt ihr wohl unter euch geregelt. Wenn sich die Polizei bei jeder Klopperei einmischen würde, hätten wir viel zu tun.«

»Das war doch keine Klopperei. Die Typen haben mich überfallen, einfach so!«, hatte Leon sich verteidigt.

Aber der Polizeibeamte hatte nur den Kopf geschüttelt. »Dass du jemandem einfach so die Mütze gestohlen hast, war auch nicht gerade okay, oder?«

»Wie kann der das alles nur so runterspielen?«, empörte sich Yara, während sie ihr Fahrrad aufschloss. »Klar geht das zu weit, wenn man auf einem Menschen herumtrampelt! Das war ein antisemitischer Angriff! Aber dieser dämliche Polizist sagt nur: *Wieso? Du bist doch nicht mal Jude.* Mann, ich bin so was von wütend!«

Leon nickte. »Das merkt man. Du hast den Bullen angeguckt, als wolltest du ihm an die Gurgel gehen.«

Yara tippte mit dem Fuß gegen sein Rad. »Steig auf, wir fahren jetzt zu Nikolai und dann besprechen wir, was wir als Nächstes machen.«

»Jawoll, Delamare!« Leon rollte mit den Augen. Yara konnte einem ganz schön auf die Nerven gehen mit ihrer Rumkommandiererei. Aber ihre Wut war berechtigt. Das war wirklich eine Frechheit, wie der Polizist sie gerade behandelt hatte. Der hatte einfach nicht kapieren wollen, worum es ging.

Erst jetzt, wo er Nikolai kennengelernt hatte, war Leon das ganze Ausmaß des Überfalls klar geworden. *Scheiß-Drecksjude, verrecke.* Das waren nicht einfach nur bescheuerte Beleidigungen, wie sie in der Schule tagtäglich rausgekotzt wurden. Hinter solchen Sprüchen stand die schreckliche Geschichte des Holocaust. Yara hatte gesagt, es seien sechs Millionen Juden während der Nazizeit ermordet worden. Sechs Millionen! Adolf Hitler und die Nazis wollten die Juden komplett vernichten. So viel wusste selbst Leon, auch wenn sie die Zeit in Geschichte noch nicht gehabt hatten. Mann, hätte er nicht diese Kippa geklaut, dann hätte das für ihn alles Geschichte bleiben können!

Als Nikolai ihnen eine Viertelstunde später die Tür öffnete, hatte sich Yara immerhin so weit beruhigt, dass ihre Neugier stärker war als ihr Ärger. Unauffällig schaute sie sich im Wohnzimmer um. Sie entdeckte einen beeindruckenden neunarmigen Kerzenleuchter auf der Kommode und einen altmodischen Teppich an der Wand.

»Guckst du, wie es bei Juden so aussieht?«, fragte Nikolai mit einem spöttischen Lächeln. »Der Leuchter ist tatsächlich von meinem Vater aus Israel, wir zünden ihn an Chanukka an. Aber den Wandteppich findet meine Oma leider einfach nur schick, der ist kein bisschen jüdisch.«

Yara fühlte sich ertappt. »Na ja«, sagte sie. »Ich war noch nie bei Juden zu Hause. Ich kenne ja keine.«

»Weißt du doch gar nicht«, antwortete Nikolai. »Heutzutage muss ja zum Glück niemand mehr einen gelben Stern tragen«, zitierte er seine Oma Sofia. »In meiner Klasse wissen auch nur wenige, dass ich jüdisch bin.«

»Hast du Angst, das zu erzählen?«, fragte Leon.

»Bisher nicht. Aber ich hab auch kein Bedürfnis, das den Leuten unaufgefordert auf die Nase zu binden. Es ist ja nur ein Teil von mir und ich bin auch nicht wirklich religiös.«

»Ich auch nicht. Die Konfirmation hab ich wegen der Geschenke mitgemacht.« Leon zeigte sein typisches freches Grinsen.

»Und ich bin gar nichts«, sagte Yara. »Meine Mutter hat genauso wenig mit Religion am Hut wie mein Vater. Der hat mal erzählt, er sei aus der katholischen Kirche ausgetreten.«

»Aus dem Judentum tritt man nicht aus.« Nikolai klang plötzlich stolz.

»Niemand?«

»Nee.« Er schüttelte den Kopf. »Das ist eine Herkunft.«

Yara versuchte ihre Gedanken zu sortieren. Leon begann derweil von ihrem erfolglosen Besuch auf der Wache zu erzählen, verstummte aber, als Nikolais Großmutter aus der Küche kam. Sie stellte ihnen einen Teller mit Keksen auf den Couchtisch. Yara fiel auf, wie sehr ihre schmalen, grünbraunen Augen denen von Nikolai ähnelten. Ansonsten aber glich sie, klein und rund und dunkelhaarig, eher ihrer eigenen Großmutter, die sie leider nur sehr selten sah. Mamans Eltern lebten ab vom Schuss am Rand der französischen Pyrenäen, es war eine halbe Weltreise bis dorthin.

Als sie Kekse essend in der Sofaecke saßen, nahm Yara den Faden wieder auf. »Der hat uns komplett abblitzen lassen«, sagte sie. »Das war totale Zeitverschwendung. Aber okay. Dann nehmen wir das eben selbst in die Hand.« Sie klang kämpferisch.

»Und wie?«, fragte Nikolai skeptisch.

»Erst mal müssen wir diese Typen finden. Sag noch mal, wie sie aussahen, Leon. Wie alt waren die?«

»Älter. Vielleicht achtzehn, neunzehn.« Leon beschrieb die Angreifer, den Tätowierten mit dem kahl rasierten Schädel und den schmächtigen Rothaarigen, beide in Jeans und schwarzen Jacken.

»Kenne ich nicht.« Im ersten Moment war Nikolai erleichtert, dass er die beiden nicht aus der Schule kannte. Aber seine Stadtteilschule war groß ... Sollte er jetzt auf dem Pausenhof, in den Gängen und im Foyer immer nach diesen Idioten Ausschau halten? Und dazu noch in der Nachbarschaft herumschnüffeln?

Unwillkürlich stöhnte er auf. Er hatte nicht die geringste Lust, nach Neonazis zu suchen. Richtig übel wurde ihm bei der Vorstellung. Wenn er neulich nicht genau in dem Moment auf den Balkon gegangen wäre, als Leon unten bei den Containern stand ... wenn er nicht diese Yara kennengelernt hätte und nicht Leon und sie im Supermarkt getroffen hätte, dann hätte er von dem ganzen Mist gar nichts mitbekommen. Aber konnte er sich da raushalten, nur weil es aus Versehen Leon erwischt hatte und nicht ihn?

»Okay«, sagte er jetzt mit Nachdruck. »Wir werden die schon finden. Ich schau mich in der Schule um.«

16

Am nächsten Tag machte sich Yara auf den Weg zu Frau Winter. Sie hatte das Bedürfnis, mehr über Ella zu erfahren. Bisher wusste sie vor allem, dass sie das netteste und schönste Mädchen der Welt gewesen war, mit einem wunderbaren langen Zopf. Frau Winter hatte von ihren gemeinsamen Spielen erzählt: von den Puppenhäusern, die sie eingerichtet hatten, vom Kasperletheater, das Ella so gern für die Nachbarskinder aufgeführt hatte, vom Seilspringen im Hof.

Und von dem Tag, an dem sie aus der Schule gekommen war und die Cohens nicht mehr da waren. »Abgeholt«, hatten die Nachbarn geflüstert und niemand hatte ihr erzählt, wo die Familie war. Zuerst hatte sie gedacht, dass sie in die Schweiz gefahren waren, weil Ellas Eltern manchmal von diesem Land gesprochen hatten. Sie hatte gehofft, Ella würde ihr eine Ansichtskarte schicken. Bis sie begriffen hatte, dass das niemals passieren würde.

Erst sechzig Jahre später hatte Frau Winter herausbekommen, dass die Familie in ein Judenhaus umziehen musste und dann nach Polen abtransportiert wurde, wo man sie in einem Lager in Chelmno umgebracht hatte. »Durch die Stolpersteine weiß ich es«, hatte sie gesagt. »Durch die Menschen, die sich die Mühe machen, über das Schicksal all der Ermordeten, Verschleppten und Vertriebenen zu forschen und ihr früheres Zuhause zu finden. Damit die Erinnerung an sie nicht verloren geht. Es waren ältere Leute, die die Steine hier verlegt haben. Aber oft bleiben auch die Jungen stehen und lesen.«

Als Yara jetzt bei Frau Winter im Wohnzimmer saß, wollte sie wissen, ob die Cohens denn eigentlich religiös gewesen waren.

»Irgendwie schon, denke ich«, antwortete Frau Winter. »Ich war ja damals noch ein Kind, da achtet man nicht auf so etwas. Ich weiß noch, dass Ellas Mutter freitagabends immer zwei Schabbatkerzen angezündet hat. Ich habe manchmal beim Abendessen dabei sein dürfen, richtig feierlich war das. Schöner als bei uns zu Hause. Der Vater hat einen Segen gesprochen. Aber ich glaube nicht, dass das Essen koscher war, und in die Synagoge sind sie auch nicht gegangen. Ach, und zu Weihnachten hatten sie nicht nur einen Tannenbaum, sondern auch einen silbernen Chanukkaleuchter.«

»So einen großen Kerzenhalter mit neun Armen?«

»Genau so einen.«

»Was ist denn Chanukka?«

»Das jüdische Lichterfest. Ella hat einmal zu Chanukka einen Kaufmannsladen bekommen und Heiligabend dann einen kleinen Puppenherd. Was hab ich sie beneidet, weil sie zweimal Geschenke gekriegt hat.«

»Und was bedeutet koscher?«

Frau Winter kräuselte ihre Stirn, die eh schon von unzähligen Falten durchzogen war. »So genau kann ich das auch nicht sagen. Es gibt für gläubige Juden Regeln, was man essen darf und was nicht. Das, was man essen darf, wird koscher genannt.«

»Hmm.« Yara nickte nachdenklich.

»Warum fragst du das alles, Yara?« Frau Winter musterte sie. »Du hast doch etwas auf dem Herzen, oder nicht?«

»Ich habe einen Jungen kennengelernt, der Jude ist.«

Frau Winter lächelte. »Ach, daher weht der Wind. Von Leon hast du mir schon erzählt.«

Jetzt lachte Yara. »Leon doch nicht, diese Knalltüte. Er heißt Nikolai! Und Sie brauchen gar nicht so zu gucken, Frau Winter. Ich finde ihn einfach nur nett, sonst nichts. Er wohnt bei uns gegenüber, aber er fährt zum Einkaufen extra nach Eimsbüttel.«

»Ich war auch mit dreizehn das erste Mal verliebt. In ein Mädchen, das Anneliese hieß ...«

»Frau Winter! Ich bin nicht verliebt! Ich finde ihn nur interessant, das ist alles«, sagte Yara empört. Um Frau Winter von dem Thema runterzubekommen, erzählte sie ihr von dem erfolglosen Besuch auf der Wache.

Jetzt war es Frau Winter, die wütend wurde. Sie regte sich so über den Polizisten auf, der den Angriff nicht ernst genommen hatte, dass Yara sich fast schon Sorgen machte. Richtig zitterig war Frau Winter geworden. »Kriegen die denn bei der Polizei nicht mit, was in Deutschland los ist?«, rief sie.

Yara wechselte schnell noch einmal das Thema. »Wissen Sie, Nikolai spielt Fußball. Ich glaube, er ist ziemlich gut. Er will an der Makkabiade teilnehmen. Kennen Sie die?« Ohne auf eine Antwort zu warten, begann sie wiederzugeben, was Nikolai ihnen erzählt hatte. »Das ist so was wie die Olympischen Spiele. Aber Nikolai peilt erst mal nur die europäische Makkabiade an. Er will sich für ein Trainingscamp anmelden.«

Erleichtert sah Yara, dass Frau Winter lächelte. »Das scheint ja ein ehrgeiziger junger Mann zu sein, dein Nikolai«, sagte sie. »Bring ihn doch mal mit, wenn du magst. Bei meinem Bäcker gibt es neuerdings Rugelach, die wird er sicher mögen.«

»Was ist das?«

»Hörnchen! Mit Mohnfüllung sind sie am besten. Die hat Ellas Mutter immer gebacken.« Frau Winters Gesicht bekam wieder eine rosige Farbe. Sie kramte ihr Portemonnaie hervor und drückte Yara einen Fünfeuroschein in die Hand, von dem sie vor ihrem nächsten Besuch eine Tüte Rugelach kaufen sollte. »Vielleicht haben sie nur welche mit Nussfüllung. Aber die werden euch auch schmecken.« Sie blinzelte verschwörerisch und Yara musste lachen, ob sie wollte oder nicht.

Als sie kurz darauf aus dem Haus trat, blieb sie einen Moment vor den drei goldenen Steinen stehen. Mit einem Taschentuch rieb sie die Oberflächen sauber, bis sie wieder glänzten. »Es ist Frühling, Ella, die Luft riecht ganz anders. Und im Vorgarten blühen Osterglocken, das ist richtig schön.«

17

Sie hatten verabredet, sich am Samstagnachmittag wieder bei Yara zu treffen, um zu hören, ob Nikolai etwas herausgefunden hatte. Leon war noch nicht aufgetaucht, und als Yara mit Nikolai allein in ihrem Zimmer auf dem Teppich saß, fühlte sie sich merkwürdig befangen. Nikolai berichtete, dass er überall Ausschau gehalten hatte, ohne jemanden zu finden, auf den Leons Beschreibung passte. Doch Yara hörte nur mit halbem Ohr zu, weil ihr Frau Winters Anspielungen nicht aus dem Kopf gingen, die natürlich Blödsinn waren. Niko war hübsch mit seinen Katzenaugen und den langen Haaren und er war nicht so ein Angeber wie Leon. Aber sie war in seiner Nähe längst nicht so locker wie mit Leon. Und wenn man sich verliebte, dann fühlte man sich doch gut mit der Person, oder nicht?

»So ein Tattoo am Hals wäre mir sicher aufgefallen, und die rothaarigen Jungs, die ich gesehen habe, waren absolut harmlos«, sagte Nikolai jetzt.

Yara schob ihre irritierenden Gedanken zur Seite. »Nazis können auch harmlos aussehen«, entgegnete sie. »In der Schule halten die sich vielleicht zurück, um keinen Ärger zu kriegen.«

Nikolai hörte ihr gar nicht richtig zu. Nachdenklich sah er sie an. »Leon hatte doch das Gefühl, dass sie wussten, dass er um diese Uhrzeit da vorbeikommt, oder?«

»Na ja, nicht direkt *er*. Eigentlich eher *du*«, stellte sie richtig.

Nikolai kaute auf seiner Unterlippe. »Vielleicht weil ich dann immer vom Training komme. Es könnte also jemand vom Fußball sein.« Doch dann schüttelte er den Kopf. »Das glaube ich einfach nicht. Wir trainieren ja in Altona, da hätten sie mir doch nicht hier im Viertel aufgelauert. Ich wette, die sind hier aus der Gegend.«

»Ich hatte von Anfang an keine Lust, hierherzuziehen«, sagte Yara.

»Klar, Eimsbüttel ist natürlich schöner. Nicht so eine Prollgegend. Da gibt's bestimmt keine Schlägertypen.« Nikolai verzog spöttisch das Gesicht.

Yara senkte den Blick. »Keine Ahnung«, murmelte sie. »Vor unserem alten Haus gibt es Stolpersteine. Früher fand ich sie wunderschön. Ich dachte, sie wären ein Goldschatz. Ich hatte echt keine Ahnung.«

»Wie kommst du denn jetzt darauf?«

»Ich hab an Ella denken müssen, deren Stein vorm Haus liegt. Der haben sie damals auch auf dem Heimweg aufgelauert. Und später …« Yara brach ab.

Nikolai räusperte sich. »In Altona gibt es viele solche Steine, vor unserem Vereinshaus sind auch welche. Ich weiß nicht, ob ich die gut finde.«

Yara sah ihn erstaunt an.

»Man wird immerzu an den Holocaust erinnert.« Nikolai klang bitter. »Ich wette, den meisten Leuten fällt nichts anderes als Verfolgung und KZs ein, wenn sie an Juden denken. Deswegen benehmen sie sich auch so merkwürdig, wenn sie mal einen treffen.«

Jetzt war Yara verunsichert. Es war doch richtig, wenn die Menschen nicht vergaßen, was passiert war. Das war doch auch

Frau Winters Meinung. »Fändest du es besser, die Steine wären nicht da?«, fragte sie.

Nikolai antwortete nicht sofort. Dann schüttelte er den Kopf. »Nein«, sagte er. »Nein, fände ich nicht. Es gibt auch in Berlin Stolpersteine für meine Urgroßeltern und meine Großeltern, in Charlottenburg. Aber es ist schrecklich, immer wieder daran denken zu müssen. Und es ist schrecklich, hier rumzulaufen und nach Nazis Ausschau zu halten! Es ist schrecklich, Angst haben zu müssen, dass man zusammengeschlagen wird! Ich will das alles nicht! Ich will einfach nur ein ganz normales Leben leben!« Immer lauter war er geworden.

Die Zimmertür ging einen Spalt auf und Yaras Vater streckte den Kopf herein. »Alles in Ordnung bei euch?«, fragte er. Yara hatte gar nicht mitbekommen, dass er nach Hause gekommen war. Es war ihr peinlich, dass er Nikolai so neugierig musterte. »Hallo. Du bist sicher Leon. Yara hat schon von dir erzählt«, sagte er. »Schön, dich endlich mal live und in Farbe zu sehen.«

»Das ist Nikolai! Er wohnt gegenüber.« Yara funkelte ihren Vater an. Hoffentlich schnallte er, dass er störte. Und warum klopfte er eigentlich nicht, obwohl sie ihn schon mehrmals darum gebeten hatte? »Und ja, es ist alles in Ordnung«, setzte sie nach.

»Na, dann lass ich euch zwei mal wieder allein.« Bevor er die Tür zuzog, zwinkerte er ihr überflüssigerweise genauso albern zu wie Frau Winter.

»Dein Vater sieht nett aus«, sagte Nikolai.

»Ja, ist er eigentlich auch meistens.«

»'tschuldigung, dass ich so laut geworden bin.«

»Du brauchst dich doch nicht zu entschuldigen!«

»Doch. Du kannst ja nichts dafür. Du bist …«

Yara wartete. Aber Nikolai war verstummt. Er saß ihr im Schneidersitz gegenüber, knibbelte an seinen Fingernägeln und eine körperlich spürbare Stille lag im Raum, die sie und Nikolai verband und gleichzeitig voneinander trennte. Eine Stille, die alle Geräusche intensiver machte, sodass Yara ihren eigenen Atem hörte. Dann hielt sie es nicht mehr aus. »Ich hab eine alte Freundin, die hat gefragt, ob du mal zum Rugelach-Essen mit zu ihr kommen willst«, sagte sie.

Nikolai schaute sie irritiert an und Yara sprach schnell weiter. »Das ist unsere frühere Nachbarin, sie ist schon über neunzig. Ich glaube, sie würde dich einfach nur gerne kennenlernen.«

Nikolai machte immer noch ein fragendes Gesicht, ohne etwas zu sagen. Yara wurde rot. »Rugelach ... das sind so kleine Hörnchen mit Füllung ...«

»Weiß ich. Aber warum will sie mich kennenlernen? Weil ich Jude bin?« Nikolai zog die Augenbrauen zusammen.

»Nein!« Jetzt schoss Yara so das Blut in den Kopf, dass sie glühte. Wie peinlich war das denn? Egal was sie heute sagte, es lief alles schief. Sie konnte Nikolai doch wohl kaum erzählen, dass Frau Winter dachte, sie wäre in ihn verknallt! Aber dass er glaubte, sie wolle ihn wie was Exotisches rumzeigen, ging ja noch viel weniger ... Wo blieb Leon eigentlich? Warum ließ er sie so hängen?

Sie schaute auf ihrem Handy nach der Uhrzeit, und genau in dem Moment kam eine Nachricht von Leon. *Bin an der Bahn. Hab den Tätowierten gesehen. Er geht Richtung Edeka.*

»Leon!«, sagte Yara. Als sie Nikolai das Handy hinhielt, sodass er den Text lesen konnte, klingelte es auch schon.

»Was soll ich denn machen?«, hörten sie Leon aufgeregt flüstern. »Ich trau mich nicht, ihm nachzugehen. Wenn er sich nun umdreht ... Ich hab echt Schiss!«

»Bleib bei der Station, Leon, wo Leute sind«, sagte Nikolai und stand auf. »Wir fahren zu Edeka.«

»Sobald es was Neues gibt, melden wir uns.« Auch Yara war schon an der Tür. Sie rissen ihre Jacken von der Garderobe, Yara rief »Wir gehen noch mal raus!« durch die geschlossene Wohnzimmertür und dann rannten sie die Treppen hinunter.

18

Leon stand neben dem Zeitungskiosk und starrte die Straße hinunter, bis der Typ mit der Tätowierung am Hals nicht mehr zu sehen war. Noch immer klopfte sein Herz heftig. Der Schock, unerwartet seinem Angreifer zu begegnen, hatte ihn wie ein Fausthieb in den Magen getroffen.

Als der schwarz gekleidete Junge aus dem S-Bahn-Wagen vor ihm ausgestiegen war, hatte Leon ihn nicht sofort erkannt. Ein paar unschuldige Sekunden lang war er hinter dem Jungen mit der Baseballkappe, dem breiten Rücken und den großen Schritten den Bahnsteig hinuntergegangen. Aber dann, von einem Atemzug zum anderen, hatte ihn die Erkenntnis gepackt: Das war er! Leons Körper hatte es schneller begriffen als sein Verstand. Als würde die Erinnerung in seinen Zellen hocken, um jederzeit wie ein Raubtier hervorzuspringen. Neulich hatte ihm jemand von hinten die Hand auf die Schulter gelegt und er hatte geschrien vor Schreck.

Tief durchatmend vergrub er seine kalten Hände in den Jackentaschen. Er musste aufhören, immer wieder so in Panik zu geraten. Mann, das Ganze war Wochen her! Dieser Typ ... der hätte ihm doch hier, wo etliche Menschen unterwegs waren, sowieso nichts getan. Und so groß und bedrohlich, wie er ihn in Erinnerung hatte, war er auch nicht. Es war einfach nur ein bescheuerter Junge. Wie dumm musste man sein, sich so ein hässliches Tattoo stechen zu lassen, das bis zum Ohr ging? Eine Schlange aus irgendwelchen germanischen Schriftzeichen, die in einem Totenkopf endeten. Richtig scheiße sah das aus! Wieso weigerten sich diese Tätowierer eigentlich nicht, jemandem solch einen Mist in die Haut zu stechen? Der Idiot rannte jetzt sein Leben lang damit rum. Armseliges Würstchen ... Langsam legte sich der Aufruhr in Leons Nervensystem wieder. Er zog sein Handy aus der Hosentasche. Keine Nachricht von Yara und Nikolai.

Eine Weile lungerte er noch unentschlossen am Bahnhof herum. Sollte er vielleicht doch Richtung Edeka gehen? Wo waren Yara und Nikolai? Hatten sie den Typen gefunden? Leons Vorstellungskraft reichte nicht, um sich diese Szene auszumalen. Sie konnten ihn doch nicht einfach ansprechen und ihn fragen, ob er zufällig jemanden zusammengeschlagen hatte. Plötzlich wurde Leon wütend. Für so etwas war doch die Polizei zuständig! Die Kripo müsste hinter den Schlägern her sein! Er hätte gleich am selben Abend zur Wache gehen müssen, dann hätte man ihn vielleicht ernst genommen.

Leons Gedanken wanderten zu seinen Eltern. Seine Mutter hatte ihn noch mal gefragt, ob alles in Ordnung sei. Aber bevor er antworten konnte, hatte sie ihn gebeten, sich doch bitte von schlechter Gesellschaft fernzuhalten. Und sein Vater schimpfte auf die zunehmende Verrohung der Gesellschaft durch all die Ballerspiele.

Die Gesellschaft ... was meinten die überhaupt damit? Und was hatten Ballerspiele damit zu tun? Was ihm wirklich passiert war, schienen sie gar nicht wissen zu wollen.

Was wussten sie überhaupt von ihm? Vielleicht, dass er schlecht in Mathe war und mittelprächtig in Englisch. Beim Elterngespräch in der Schule hörten sie immer sehr gut zu. Und die Anmeldung zum Kletterkurs hatten sie auch unterschreiben müssen. Doch sonst bekamen sie kaum etwas von seinem Leben mit. Das war schon okay, klar, er wurde im September fünfzehn. Aber hier, an diesem öden Bahnhof neben dem Zeitungskiosk, während es von Minute zu Minute dunkler und kälter wurde, fühlte er sich auf einmal von ihnen im Stich gelassen.

19

Yara und Nikolai waren vom Supermarkt aus kreuz und quer durchs Viertel geradelt, ohne den Typen mit dem Tattoo zu finden. Einigen Jungs, die gemeinsam irgendwo abhingen und die Zeit totschlugen, waren sie so dicht auf die Pelle gerückt, dass sie böse Blicke kassiert hatten. Doch der Typ war nie dabei gewesen. Yara hatte Straßen kennengelernt, durch die sie noch nie gefahren war. Wohnblocks mit Vorgärten, die aus nichts anderem als zertretenen Rasenflächen bestanden. Spielplätze mit kaputten Schaukeln und rostigen Klettergerüsten, vernachlässigt und öde, als gäbe es keine Kinder in der Gegend. Durchwühlter Krempel und umgekippte Einkaufswagen am Straßenrand, was die Müllabfuhr offensichtlich ignorierte. Allein hätte sie sich hier unwohl gefühlt. Aber sie war ja mit Nikolai unterwegs.

Jetzt bremste er. »Wir müssen mal Leon anrufen«, sagte er. »Ich hab seine Nummer gar nicht.«

Yara zog ihr Handy hervor und stellte auf laut. Leon saß mittlerweile in der S-Bahn zurück nach Altona. Er war nicht sauer, weil sie sich erst so spät meldeten. Eingeschnappt sein lag ihm nicht, stattdessen meckerte er über die Kioskfrau, die ihm kein Bier verkaufen wollte. »In Altona krieg ich an jeder Ecke Bier. Aber die Tante war stur. Dabei wurde mir allmählich echt langweilig auf eurem lahmen Vorstadtbahnhof«, sagte er.

Yara sah sein Grinsen vor sich und wieder einmal konnte sie ihm anhören, dass er längst nicht so locker war, wie er tat. Sie hatte das Gefühl, als würde sie ihn schon seit Jahren kennen. Bei Nikolai dagegen tastete sie sich stets auf dünnem Eis voran, unsicher, ob sie beim nächsten Schritt einbrach.

Sie verabschiedeten sich von Leon und beschlossen die Suche aufzugeben. »Für heute«, betonte Yara. »Aber wir machen weiter!«

Von Nikolai kam kein Zeichen, dass er das genauso sah. Er wirkte erleichtert, nach Hause fahren zu können, und gleichzeitig verschlossen und grüblerisch. Wo war er mit seinen Gedanken? Bereute er, sich mit ihnen auf diese Suche eingelassen zu haben? Vielleicht war sie in seinen Augen nur ein kleines Mädchen, mit dem er nicht länger seine Zeit verplempern wollte ... Als sie vor Yaras Wohnblock ankamen, stieg er nicht vom Rad, sondern nickte ihr nur zu. »Bis dann«, sagte er.

Zu Hause verschwand sie schnell in ihrem Zimmer, bevor ihr Vater merkte, dass sie zurück war. Auf einmal hatte sie Sehnsucht nach ihrer Mutter. Die hatte nicht so eine Gute-Laune-Natur wie Papa, der immer alles auf die leichte Schulter nahm. Sie wählte ihre Nummer. Aber als dann Mamans lächelndes Gesicht auf dem Display auftauchte und sie sich so offensichtlich über ihren Anruf freute, schaffte Yara es nicht, von dem Durcheinander zu erzählen, in das sie geraten war. Auf ihr »Geht's dir gut, ma petite?« brachte Yara nur ein »Ja, ganz gut« zustande. Sie beantwortete die Fragen ihrer Mutter zur neuen Wohnung, zur Schule und zum Kletterkurs und hörte sich an, was es Neues auf der Ausgrabungsstelle bei Narbonne gab.

»Ist wirklich alles in Ordnung?«, hakte ihre Mutter nach. »Du wirkst bedrückt.«

»Ich vermisse dich, Maman«, antwortete Yara.

»Ich dich auch, Spatz. Du kannst mich jederzeit anrufen, das weißt du, oder?«

»Klar, weiß ich. Ich hab dich lieb.«

»Ich dich auch ganz doll, mein Mädchen«, antwortete ihre Mutter. Yara spürte, wie sehr das stimmte, und es machte sie glücklich und traurig zugleich. Wenn Maman jetzt hier bei ihr auf dem Bett sitzen würde, dann könnte sie sich an sie kuscheln ...

Sie lag auf dem Rücken, den Kopf in die verschränkten Hände gelegt, und starrte an die Decke, an der Risse in der Farbe zu sehen waren. Eigentlich hatten sie das Zimmer vor dem Einzug streichen wollen, doch dann war zu viel zu tun gewesen. Aber egal. So schön, wie es in ihrem früheren Zuhause gewesen war, würde es hier sowieso niemals werden. Nebenan stritten sich die Leute mal wieder so laut, dass man jedes Wort verstand. Das einzig Gute an der neuen Wohnung war, dass sie Leon und Nikolai kennengelernt hatte – und gleichzeitig war es auch das Kompliziertestе. Viel zu kompliziert, um es jemandem zu erzählen.

20

Nikolai zögerte, die Haustür aufzuschließen und sein Rad in den Keller zu bringen. Ohne Plan schwang er sich wieder auf den Sattel und fuhr los. Er brauchte erst mal Zeit für sich, ehe er oben in der kleinen Wohnung seiner Mutter begegnen wollte. Wochentags sahen sie sich kaum, und deshalb löcherte sie ihn am Samstag besonders gern mit ihren Fragen. Die Schule, das war das steinige Feld, das sie mit Vorliebe beackerte. Obwohl er ein guter Schüler war, trieb sie ihn ständig an, mehr zu tun. Wenn es um Mathe ging, durfte er auch gern am Schabbat arbeiten.

Es war kalt und windig und längst dunkel. Als es auch noch zu regnen anfing, rettete sich Nikolai in die Eckkneipe neben Edeka, in die ihn Cem manchmal mitschnackte.

Er fand den Laden irgendwie cool. »Kallis Korner« war eine ziemlich runtergekommene Fußballkneipe, die nach Bier, Schweiß und Zigaretten roch. Obwohl hier eigentlich nicht geraucht werden durfte, hing immer Qualm in der Luft. Bisher hatte er nie viel Lust gehabt, sich in die muffige Kaschemme zu setzen und sich von irgendeinem einsamen Suffkopf zutexten zu lassen. Aber durch die Fensterscheibe hatte er gesehen, dass DFB-Pokal lief, Bayern gegen St. Pauli. Bei all der Aufregung hatte er das Spiel völlig vergessen! Er quetschte sich zwischen zwei Männer an die Theke und bestellte bei Kalli ein großes Bier, obwohl er eigentlich lieber Apfelschorle trank.

Fußball – für ihn gab es nichts Besseres, um sich abzulenken. Nicht nur wenn er selber auf dem Platz stand, sondern auch beim Zuschauen. Brüllen, fluchen, schimpfen, lachen, jubeln, mitfiebern. Das funktionierte immer, egal was ihm gerade noch im Kopf herumgespukt war.

So war es auch jetzt. Klar, dass alle um ihn herum für Pauli waren, selbst die, die einen HSV-Schal trugen, um ein bisschen zu provozieren. Und Pauli führte! Unglaublich, David gegen Goliath! Nikolai tauchte ein in das Gemeinschaftsbad, wo alle allerbeste Freunde waren, weil alle das Gleiche wollten: Die Bayern sollten eins auf die Mütze kriegen. Als noch ein Tor für den Underdog fiel, verspritzte Kalli eine Bierdusche auf die grölende Menge und gab eine Lokalrunde Schnaps aus. Nikolai kippte das scharfe Zeug in einem Zug runter und ließ sich von dem Schnauzbart neben ihm einen kratzig feuchten Schmatz auf die Wange drücken. »Alter!«, rief der Typ in einer Tour. »Alteeeer!« Nikolai lachte sich kringelig. Den nächsten Schnaps spendierte Kalli, als Bayern einen Elfmeter zugesprochen bekam, den der Pauli-Keeper parierte. Hammer!

Die letzten Minuten kämpften die Münchner verbissen. Im Korner hielten alle den Atem an. Und dann der Abpfiff, die Menge tobte. Alle rissen sich die Fankappen vom Kopf und schwenkten ihre Schals durch die Luft. Nikolai war aus dem Häuschen vor betrunkener Glückseligkeit, Kallis Korner war der schönste Ort der Welt! Ihm war so schwindlig, dass er sich an der Theke festhalten musste und nicht mehr geradeaus gucken konnte. In seinem Kopf hatte sich eine Wattewolke breitgemacht und der Qualm um ihn herum legte einen Weichzeichner über alles. Und so fiel ihm das Tattoo nicht auf, als einem der Fans der blau-weiße Schal am Hals verrutschte. Eine Schlange aus germanischen Runen, die in einem Totenkopf endeten.

Als Nikolai im Gedränge mit anderen aus der Kneipe schwankte, ahnte er nicht, an wem er sich festhielt, um nicht hinzufallen. Der Typ legte ihn den Arm um die Schulter. »Wir haben den Schrecken gebrochen, für uns war's ein großer Sieg! Heute gehört uns Bayern und morgen die ganze Welt!«, grölte er und Nikolai grölte mit. Woher hätte er auch wissen sollen, dass er da gerade ein altes Nazilied sang, das dazu noch verboten war?

21

Bei Leon zu Hause war es nicht viel anders als bei Nikolai: Die meisten Fragen, die ihm seine Eltern stellten, drehten sich um die Schule. Doch anders als sonst ging Leon das Thema heute Abend nicht auf die Nerven, sondern gab ihm ein Gefühl von Sicherheit. Die Schule, das war das Vertraute, das Gewohnte, die Konstante in seinem Leben. Der Stress, der sich nie groß änderte. Altbekanntes Terrain, verglichen mit dem Bedrohlichen, in das er hineingeraten war.

Seine Mutter musterte ihn für einen Moment, als ob sie ahnte, dass etwas nicht stimmte. Aber dann fragte sie, wie weit er mit seinem Referat in Bio war, und er ahnte, dass es ihnen genauso ging: Gespräche über die Schule, das war das, wo nicht viel passieren konnte. Die Rollen waren klar. Er selbst machte auf gelangweilt, sein Vater dozierte über das schlechte Bildungssystem und seine Mutter ermahnte ihn, die Sache nicht zu locker zu nehmen. Und bei allem Gerede war unausgesprochen klar, dass Schulnoten nicht wirklich wichtig waren. Denn seine Eltern gingen wie selbstverständlich davon aus, dass er irgendwie sein Abi hinkriegte, dann BWL studierte und später das Modegeschäft weiterführen würde.

Aber trotzdem: Solange sie über Referate, Klassenarbeiten und Zensuren sprachen, hatten sie zumindest überhaupt ein Thema.

Hatte er ihnen eigentlich je erzählt, wenn es ihm wirklich wegen irgendwas schlecht ging? Er hatte es für sich behalten, als er in der zweiten Klasse ausgelacht wurde, weil er in die Hose gemacht hatte, und in der dritten Klasse, weil er stotterte. Er hatte es mit sich selbst abgemacht, als er in der vierten aus lauter Angst vorm Schwimmunterricht Bauchschmerzen bekam. Sie wussten nichts von seiner ersten unglücklichen Verliebtheit in Annika, die alle Jungs außer ihn zu ihrem zwölften Geburtstag eingeladen hatte. Glaubten sie, er fand es toll, immer nur der Klassenclown zu sein? Bekamen sie nicht mit, dass er keinen einzigen richtigen Freund hatte? Von seiner Sorge, mit vierzehn noch nicht im Stimmbruch zu sein, ahnten sie garantiert auch nichts. Und dass er nie im Leben den Klamottenladen übernehmen würde, hatte er ihnen bisher auch nicht gesagt.

Okay, neulich, als er nach dem Überfall nach Hause gekommen war, da hatte er geweint und war viel zu sehr durch den Wind gewesen, um sich zu verstellen. Aber die unterschwellige Panik, die sich seit der Begegnung am Bahnhof in ihm festgesetzt hatte, versteckte er vor ihnen.

Leon hörte seine Eltern reden und er hörte seine eigenen Antworten. Drei Leute, die irgendwie die Zeit rumbrachten, bis es nicht mehr unhöflich war, aufzustehen und wieder ins eigene Leben zu verschwinden. Warum fühlte er sich in seiner eigenen Familie so einsam?

Kurz darauf saß er mit Kopfhörern in den Ohren auf der Fensterbank in seinem Zimmer, seinem Lieblingsplatz in der Wohnung. Man schaute direkt in eine ausladende Kastanie hinein, die jetzt dicke grüne Knospen hatte. Als sein Handy vibrierte, ahnte er schon, dass es Yara war.

»Yara Delamare, welch Ehre, deine Stimme zu hören!« Und dann quatschten sie mehr als eine Stunde über alles Mögliche, übers Klettern, über Musik und ihre Lieblingsserien, über das Eichhörnchen, das vor Leons Fenster herumturnte, darüber, dass Yara ihre Mutter vermisste, und natürlich über die erfolglose Suche nach dem Tätowierten. Auch Yara erzählte er nichts von seiner Angst. Aber er spürte, dass sie davon wusste. Da war eine Vertrautheit zwischen ihnen, wie er sie mit niemandem sonst kannte.

22

Yara erschrak. Es war nicht Frau Winter, die ihr an diesem Nachmittag die Tür öffnete. Die fremde Frau, die sie nach einigen Fragen schließlich in die Wohnung ließ, war eine Pflegerin. Yara wusste, dass dreimal die Woche am Morgen jemand kam, um Frau Winter behilflich zu sein. Aber um diese Uhrzeit?

Kataryna erklärte ihr, dass sie Frau Winter auf dem Wohnzimmerteppich vorgefunden und sofort den Notarzt gerufen hatte. »Zum Glück hab ich einen Schlüssel«, sagte sie. Und zum Glück hatte die Notärztin bei Frau Winter nur ein paar Prellungen, aber keine Knochenbrüche festgestellt. Sie hatte sie ins Krankenhaus einweisen wollen, doch Frau Winter hatte sich geweigert. »Was soll ich da?«, hatte sie geschimpft. Nicht einmal in ihr Schlafzimmer hatte sie sich legen wollen. »Wer tagsüber im Bett herumliegt, kommt nicht mehr auf die Füße!« Obwohl es nicht auf Katarynas Dienstplan stand, war sie noch mal vorbeigekommen, um nach der alten Dame zu sehen, und jetzt war sie froh, dass Yara da war und sie ablösen konnte.

Als Yara das Wohnzimmer betrat, erschrak sie ein zweites Mal, so schmal und blass lag Frau Winter da. Schlief sie? Geradezu verloren wirkte sie auf dem Sofa, das viel zu groß für sie zu sein schien. Vorsichtig setzte sich Yara zu ihr auf die Kante und berührte sie an der Hand. »Ich bin's, Yara«, sagte sie leise. »Wie geht es Ihnen?«

Frau Winter öffnete die Augen. »Yara ... mein Mädchen ...« Sie schien einen Moment zu brauchen, um wach zu werden und Worte zu sammeln. Dann wurde ihr Blick entschlossener. »Schau nicht so ängstlich. Alte Leute stolpern halt mal. Mir ist ja nichts passiert.«

Yara verzog zweifelnd das Gesicht.

»Ich bin nur ein bisschen bregenklöterig. Von diesen Schmerzmitteln wird man ganz rammdösig. Bring mir doch mal bitte ein Glas Wasser.«

Jetzt musste Yara doch grinsen. Sie kannte keinen Menschen außer Frau Winter, der solche Wörter benutzte. Bregenklöterig und rammdösig und meschugge und bummelig.

Als Yara mit dem Glas aus der Küche kam, hatte sich Frau Winter schon aufgesetzt. Ihre kurzen grauen Haare sahen wie ein zerrupftes Vogelnest aus.

»Ich hab Rugelach gekauft«, sagte Yara. »Soll ich einen Tee machen?«

Frau Winter nickte. »Warum hast du deinen Freund nicht mitgebracht, damit er sie auch probiert?«

Yara war sich nicht sicher, wie sie Frau Winter erklären sollte, dass Nikolai weder besonders an Rugelach interessiert war noch daran, hier als ihr Freund aufzulaufen. Also verdrückte sie sich lieber wieder in die Küche, um Wasser aufzusetzen. Frau Winter hatte einen Kessel, der aussah, als ob er aus der Steinzeit stammte, und eine wunderschöne dickbauchige Teekanne. Sie hatte ihr mal erzählt, dass sie im Krieg das Riesenglück gehabt hatten, nicht ausgebombt worden zu sein, und deshalb besaß sie noch einiges von früher.

»Haben Sie eigentlich noch Freunde aus Ihrer Jugend?«, fragte Yara, als der Tee fertig war.

»Ach wo! Selbst mein Mann ist ja seit fast fünfundzwanzig

Jahren tot.« Mit zitterigen Fingern setzte Frau Winter die Teetasse auf dem Tablett ab.

Yara bereute ihre Frage sofort. Doch Frau Winter lächelte. »So ist das Leben. Jeder stirbt irgendwann, anders geht es ja nicht. Nur sollte niemand …« Sie verstummte und schüttelte heftig den Kopf. »Es war ja nicht nur Ella! Aus meiner Klasse sind sechs Kinder von einem Tag zum anderen nicht mehr zur Schule gekommen. Und wir durften keine Fragen stellen.« Sie griff nach Yaras Hand. »So etwas darf es nie wieder geben! Auch dafür sind die Steine da! Damit die Leute daran erinnert werden, was passiert ist.« Sie rang nach Luft. »Sag deinem Nikolai, er muss zur Polizei gehen, hörst du? Ihr müsst die Männer anzeigen, die ihn zusammengeschlagen haben! Sag ihm das.«

»Das mache ich, keine Sorge«, beschwichtige Yara sie, ohne die Sache richtigzustellen. Offenbar wusste Frau Winter nicht mehr, dass es Leon war, den die Typen überfallen hatten, und dass sie ja schon auf der Wache gewesen waren.

»Und sag deiner Mutter meinen Dank für ihre wunderbaren Rugelach, ja?«

»Das mache ich«, wiederholte Yara.

Frau Winter sah erschöpft aus. »Ist heute alles ein bisschen viel«, murmelte sie. »Ich muss mich etwas ausruhen. Bis bald, mein Kind.«

Doch Yara brachte es noch nicht über sich zu gehen. Fast eine Stunde lang saß sie in dem Schaukelstuhl in der Ecke des immer dunkler werdenden Zimmers und lauschte auf Frau Winters Atem. Jeder starb irgendwann, anders ging es ja nicht, so war das nun mal. Alle Menschen werden immer ein bisschen älter und älter und irgendwann sind sie alt und dann ist es so weit.

Es sei denn, sie sterben schon als Kind.

23

Es wurde schon dunkel, als Yara und Leon zusammen die Kletterhalle verließen. In Yara wirbelten noch die Glückshormone herum. Es war einfach großartig, beim Klettern die eigene Kraft und Geschicklichkeit zu spüren. Bei jedem Move galt es, die volle Konzentration zu halten. Wenn sie es dann geschafft hatte und wieder unten auf der Matte ankam, wurde alle Anspannung von der Glückswelle weggespült, die durch ihren Körper rauschte.

Leon spielte den Beleidigten, weil Yara mittlerweile schneller und geschickter an der Wand war als er. »Musst du mich so blamieren, Delamare?«, schimpfte er. In Wirklichkeit gönnte er ihr den Erfolg. Trotz seiner großen Klappe war er der gutmütigste Mensch, den Yara kannte. Aber leider auch ziemlich faul. Allmählich war sie es leid, dass er sich ständig von ihr auf dem Gepäckträger zur S-Bahn fahren ließ. Doch am Fahrradständer stellte sie fest, dass Leon selber mit dem Rad gekommen war.

»Ich fahr nicht mehr mit der Bahn. Ich hab keine Lust, wieder diesem Idioten zu begegnen. Vielleicht höre ich auch ganz auf mit dem Klettern.« Er sagte das betont locker dahin, als würde ihm der Kurs nichts bedeuten.

»Nein!« Yara stampfte mit dem Fuß auf. »Das kannst du nicht machen, Leon! Dann haben diese Typen ja gewonnen!«

Leon zuckte mit den Schultern. »Is' aber so. Mir reicht es

irgendwie.« Er stupste sie an. »Du kannst mich ja in Altona besuchen.«

»Darum geht es doch nicht. Wir werden die schon finden!«

»Und dann? Willst du sie verprügeln oder was?« Leon lachte ein falsches Lachen.

»Nein. Das weiß ich auch noch nicht so genau ... Wir müssten ihnen irgendwie eine Falle stellen ... und sie müssen sich bei dir entschuldigen ...« Mit jedem Wort wurde Yara unsicherer. Sie wusste ja selbst nicht, was sie dann eigentlich tun würde.

Leon sah sie ungläubig an. »Die sollen sich bei mir entschuldigen? Weil sie eigentlich gar nicht mich gemeint haben, sondern Nikolai? *Tut uns leid, Digga, war ein Versehen, wir haben den Falschen erwischt*. Ist das dein Ernst?«

»Quatsch! So hab ich das nicht gemeint. Aber die sollen begreifen, was sie dir angetan haben, Leon! Nicht nur die Schmerzen, sondern auch, was für eine Angst du immer noch hast.«

»Das finden die doch gut, Yara. Die wollen doch, dass man Angst vor ihnen hat!« Leon schrie jetzt fast.

»Eben! Und deswegen darfst du auf keinen Fall aus Angst mit dem Klettern aufhören.«

»Du hast gut reden.« Leon schwang sich auf sein Rad und fuhr los. Yara hatte Mühe, ihm zu folgen, so kräftig trat er in die Pedale. Bis zu der Ecke, an der Yara abbiegen musste, sprachen sie nicht mehr. Als Leon anhielt, lag eine trotzige Entschlossenheit auf seinem Gesicht.

»Okay«, sagte er. »Ich fahr jetzt zum Bahnhof. Ich hab keinen Bock, mich wegen diesen Honks den ganzen Weg bis Altona abzustrampeln. Ich nehme das Rad mit in die Bahn.«

Yara musste grinsen. Da hatte Leons Bequemlichkeit offenbar seine Angst besiegt.

Doch Leon blieb ungewohnt ernst. »Du hast ja recht, Yara.

Ich kann mich nicht einfach verstecken. Ich will schließlich mit zu der Feier bei Nikolai, da muss ich ja schon wieder in eure Gegend ...« Er schaute auf seine Armbanduhr. »Oh, die Bahn kommt gleich. Tschüss!« Während er anfuhr, drehte er sich noch mal zu ihr um. »Muss man da was mitbringen? Ein Geschenk oder Blumen oder so?«

»Keine Ahnung«, rief sie ihm hinterher. »Kannst ja mal versuchen, das zu googeln. Werde ich auch machen.«

»Wie heißt das Fest noch mal?«

»Pessach. Es geht eine ganze Woche lang und wir sind zum Sederabend eingeladen.«

Sie sah ihm nach, wie er mit wehendem Schal davonsauste. Wie sie Leon kannte, hatte er die beiden Begriffe schon wieder vergessen, bevor er in der Bahn saß.

24

Nikolai war am Nachmittag des Seder ein bisschen nervös. Er war nicht sicher, ob es eine gute Idee gewesen war, Yara und Leon einzuladen. Hoffentlich wurde es nicht peinlich, zum Beispiel weil Yara neugierige Fragen stellte oder Leon blöde Witze machte.

Eigentlich hatten sie zum Gottesdienst ins Gemeindehaus gehen wollen. Aber seit ein paar Tagen hatte seine Großmutter Schmerzen in den Beinen, und so gab es nun nur das traditionelle Seder-Essen zu Hause. Babuschkas Schwester Irina und ihr Mann Michail würden kommen und dazu noch der Bruder von Michail. Also vier uralte Leutchen, seine Mama und er ... tolle Vorstellung.

Seine Mutter hatte Verständnis gezeigt und ihm erlaubt, Cem einzuladen. Doch Cem hatte keine Zeit. Oder wohl eher keine Lust. Da war Nikolai auf die Idee gekommen, Yara und Leon zu fragen. Yara war begeistert gewesen. Klar, sie fand alles spannend, was mit dem Judentum zu tun hatte. Nikolai wurde den Verdacht nicht los, dass sie sich nur für ihn interessierte, weil er Jude war. Vor ein paar Tagen hatte sie ihm von dem jüdischen Mädchen Ella erzählt, das im selben Haus wie sie gewohnt hatte. »Früher hab ich mir immer gewünscht, sie kennenzulernen und sie zur Freundin zu haben. Das war natürlich total dumm. Man kann die Zeit ja nicht zurückdrehen«, hatte sie gesagt.

Als er ihr jetzt die Tür öffnete, betrat sie mit einem schüchternen Lächeln die Wohnung. Sie hielt ein Geschenkpäckchen in der Hand. »Ein Mitbringsel«, sagte sie. »Aber keine Ahnung, ob es das Richtige ist. Nicht, dass deine Mutter mich für bescheuert hält ... Ich hab gegoogelt, was man zu Pessach mitbringt.«

Nikolai schaute sie fragend an.

»Also, es ist ein Handtuch.«

»Ein Handtuch?«

»Na ja, aus weißem Frottee. Auf der Internetseite stand: *Handtuch für das rituelle Händewaschen am Pessach-Sederabend.*«

Nikolai musste grinsen, obwohl es irgendwie rührend von Yara war, dass sie sich solche Mühe gemacht hatte. »Wir haben uns noch nie rituell die Hände gewaschen«, sagte er. »Ich glaube, meine Mutter wäre tatsächlich irritiert, wenn du ihr ein Handtuch schenkst.« Yara wirkte verunsichert, sodass er schnell die Hand ausstreckte. »Ich nehme es gerne. Ehrlich!« Aus der Küche drangen Stimmen und er zog Yara mit sich. »Komm erst mal in mein Zimmer.«

Yara schaute sich um. Der Raum war winzig, mit einem Klappsofa und einem Schreibtisch, der nur aus einem an die Wand geschraubten Brett bestand. Es war das ordentlichste Jungszimmer, das Yara je gesehen hatte. »Ist es bei dir immer so aufgeräumt?«, fragte sie.

Jetzt lachte Nikolai. »Das ist für meine Mutter das Wichtigste: Wir fangen schon Tage vor Pessach an, die Wohnung zu putzen. Putzen und Mazze backen ...«

»Das ist ein Brot, oder?«

»Ja, es gibt bestimmte Sachen zu essen, die eine symbolische Bedeutung haben.«

»Auch Fleisch?« Yara guckte kritisch.

»Ja, eine Hühnerkeule ist auch auf dem Sederteller. Aber du musst das nicht mitessen. Hab ich doch schon gesagt. Meine Familie nimmt das alles nicht so genau. Meine Oma und ihre Schwester sowieso nicht. Und meine Mutter, die ist auch nicht so konsequent. Das ist für sie vor allem eine Familienfeier, auf der alle ziemlich viel Wein trinken und die alten Leute ziemlich zitterig singen. Du wirst es ja sehen ... Wo ist denn eigentlich Leon?«

»Wollte ich dir gerade erzählen.«

»Kommt er nicht?«

»Doch. Aber ich hab versprochen, dass ich ihn von der S-Bahn abhole. Ich muss noch mal los.«

Nikolai nickte. »Klar, versteh schon. Ich komme mit. Es dauert ohnehin noch ein bisschen, bis das Essen losgeht.«

Als sie auf den Flur traten, kam Nikolais Großmutter aus der Küche. Sie begrüßte Yara herzlich. »Ich freue mich, dass Nikosch chat eine so nette Freundin«, sagte sie.

Nikolai lief rot an. »Wir holen noch Leon ab«, murmelte er und schob Yara zur Wohnungstür hinaus.

In der kurzen Zeit, die sie mit den Rädern zur Bahnstation brauchten, spukte Yara die Bemerkung von Nikolais Großmutter im Kopf herum. Nikos Freundin ... Ob Nikolai wohl schon mal was mit einem Mädchen gehabt hatte? Irgendwie konnte sie sich das gar nicht vorstellen. Leon, der hatte ihr schon von seinen Knutschereien erzählt. Aber Niko wirkte so, als ließe er niemanden wirklich an sich ran. Vielleicht stand er ja aber auch nicht auf Mädchen, sondern auf Jungs? Eigentlich konnte ihr das egal sein, oder nicht? Yara seufzte. Sie hatten schließlich ganz andere Probleme.

Die Bahn rollte gerade ein, als sie neben dem Kiosk anhielten. Während sie Leon begrüßten und Yara das schicke Jackett bewunderte, das er für die Feier angezogen hatte, wirkte Nikolai unkonzentriert.

»Ich hab noch was vergessen«, sagte er. »Gerade ist es mir wieder eingefallen.« Er erzählte ihnen von seinem Absturz in der Fußballkneipe und dass er völlig vergessen hatte, sein Bier zu bezahlen. »Lasst uns noch kurz bei Kallis Korner vorbeigehen, dann erledige ich das«, schlug er vor. »Ist kein großer Umweg.«

Leon lachte. »Das hat der doch bestimmt gar nicht gemerkt, Niko.«

»Kann sein. Aber ich hab's gemerkt. Und so was macht man nun mal nicht. Das ist ja wie Stehlen.«

»Pfff.«

Yara musste an eins von Frau Winters merkwürdigen Wörtern denken. Ehrpusselig ... Leon hielt Nikolai für ehrpusselig. »Ich finde, Niko hat recht«, sagte sie entschlossen. »Wir gehen da kurz vorbei.«

»Okay, okay, überredet. Aber wir können auch fahren.« Wie selbstverständlich schwang sich Leon auf Yaras Gepäckträger. »Auf zu Kallis Korner!«

25

Durch die Fensterscheibe der Kneipe sahen Yara und Leon zu, wie Nikolai sein Geld bei Kalli am Tresen ablieferte. »Braves Kind, unser Niko«, spöttelte Leon, der immer noch auf Yaras Gepäckträger saß. Aber dann sprang er so heftig auf, dass das Rad schwankte. »Yara!«, sagte er, und in diesem einen Wort klang sein ganzer Schrecken mit. »Yara, da ist er.« Er drückte sich mit dem Rücken gegen die Hauswand neben dem Eingang. Sein Gesicht war plötzlich ganz starr.

Yara war sofort klar, dass er nicht Nikolai meinte, der jetzt zur Kneipe herauskam. Auch Nikos Miene hatte sich verändert. Wortlos nahm er sein Rad und schob es um die Ecke, wo er hinter einem Lieferwagen stehen blieb. Yara und Leon folgten ihm.

»Der Typ ist da drin. Ich hab sein Tattoo erkannt.« Nikolai flüsterte, obwohl das gar keinen Sinn machte.

Leon hatte sich die Kapuze seiner Jacke aufgesetzt und hielt den Kopf gesenkt. »Ich will nicht, dass er mich sieht!«

»Kann er nicht«, beruhigte ihn Yara. »Was machen wir denn jetzt?« Sie biss sich vor Nervosität auf die Lippen.

Unschlüssig standen sie eine Weile da und beobachteten die Straße vor der Kneipe.

»Ich muss eigentlich nach Hause«, sagte Nikolai schließlich.

»Wir können doch jetzt nicht einfach zum Essen gehen.« Yara zog die Augenbrauen zusammen.

»Und ich kann meine Familie nicht am Sederabend sitzen lassen!« Nikolai wurde lauter, als er wollte.

»Dann warten Leon und ich eben allein hier.« Yara versuchte Leons ängstliche Miene zu ignorieren. Dabei war ihr ja selber total mulmig zumute.

»Kannst du nicht zu Hause anrufen und sagen, dass wir später kommen?«, fragte Leon.

Nikolai schüttelte den Kopf. Während er den beiden erklärte, dass seine Mutter an so einem hohen jüdischen Feiertag keine Telefone oder Handys benutzte, fiel ihm eine Lösung ein. Er würde Cem anrufen, damit der schnell bei ihnen zu Hause vorbeiging. Cem war der Einzige, dem er von dem Überfall auf Leon erzählt hatte.

Als er ihm hastig die Situation beschrieb, stellte er keine großen Fragen. »Was soll ich deiner Mutter denn sagen?«, wollte er nur wissen.

»Sag ihr, ich muss dringend einem Freund helfen, der in Not ist. Und sie soll bitte ...« Nikolai brach ab, denn Yara packte ihn am Arm. »Ich muss auflegen, Cem«, raunte er. Auf dem Bürgersteig war der Glatzkopf aufgetaucht. Mit seinen großen Schritten schlug er den Weg Richtung Bahnhof ein.

»Mann, dieser Scheißkerl.« Leons Stimme hörte sich heiser an. Er zog unwillkürlich die Schultern hoch.

Yara und Nikolai schlossen eilig ihre Räder aneinander und dann folgten sie dem Kahlköpfigen, Leon mit der Kapuze tief in der Stirn.

»Hör auf, so zu schleichen, Leon«, sagte Yara. »Wir müssen ganz normal gehen. Sonst fallen wir erst recht auf, falls er sich umdreht.«

Der schwarz gekleidete Junge vor ihnen ging zielstrebig seinen Weg. Die Fußgänger, die ihm auf dem eher schmalen

Bürgersteig entgegenkamen, schien er komplett zu ignorieren. Sein Gang machte deutlich, dass sie ihm auszuweichen hatten und nicht umgekehrt. Nur einmal blieb er stehen, um sich eine Zigarette anzuzünden, wobei er einen schnellen Blick in alle Richtungen warf.

Yara hielt unwillkürlich den Atem an. Ebenfalls stehen zu bleiben, wäre verdächtig. Doch zum Glück reagierte Nikolai spontan und öffnete die Tür des Zwei-Euro-Ladens, an dem sie gerade vorbeigingen, und sie betraten das Geschäft, nur um es kurz darauf wieder zu verlassen. Der Typ hatte seinen Weg fortgesetzt, ein wenig langsamer jetzt, vielleicht weil er rauchte. Ihr Abstand zu ihm war etwa gleich geblieben.

»Hoffentlich will er nicht mit der S-Bahn fahren«, sagte Leon. »Ich setz mich nicht mit dem in denselben Wagen.«

»Wir nehmen einfach den nächsten Waggon und passen auf, wo er aussteigt«, beruhigte ihn Yara.

Doch dazu kam es gar nicht. Bevor er den Bahnhof erreichte, bog der Tätowierte in eine Straße ein, von der links und rechts Plattenwege abgingen, die zu Wohnblöcken führten. Beigefarbene Klinkerbauten, genau wie die, in denen auch Nikolai und Yara wohnten. Hinter einem Lieferwagen warteten sie, ob der Junge einen der Plattenwege ansteuerte. Doch er ging weiter, allerdings jetzt in einem eher lässigen Schlendertempo. Sie folgten ihm vorsichtig, während er in eine der Seitenstraßen abbog, einen Spielplatz überquerte und an ein paar mickrigen Bäumen vorbei schließlich hinter einem Flachbau mit Garagen verschwand. Nikolais Handy klingelte und hektisch drückte er den Anrufer weg.

»Wo will der denn hin?«, sagte Yara mehr zu sich selbst als zu den anderen. Ihr war nicht wohl bei dem Gedanken, über den Spielplatz zu gehen, dessen Geräte kaum Sichtschutz boten.

Hatte der Typ sie wirklich noch nicht bemerkt? Den leisen Klingelton konnte er eigentlich nicht gehört haben. »Lasst uns mal dicht an der Hecke bleiben«, schlug sie vor. »Die führt ja auch zu den Garagen.«

»Oder wir hauen ab«, murmelte Leon.

»Nee!« Nikolai guckte finster. »Wenn der hier irgendwo wohnt, dann will ich das wissen.« Er tat selbstsicherer, als er sich fühlte. Je länger sie hinter dem Nazi herschlichen, desto unwohler fühlte er sich. Worauf lief das alles hier bloß hinaus?

Die Antwort kam schneller als erwartet. Als sie den Garagenplatz erreichten, stand er plötzlich vor ihnen. Guckte sie an, verächtlich, drohend, die Arme vor der Brust verschränkt. Mit einer kurzen Bewegung des Kopfes rotzte er vor ihnen auf den Boden.

Leon schrie auf. Adrenalin schoss ihm durch den Körper. Dieser eine kalte Blick hatte gereicht, um ihn fertigzumachen. Die Kapuze tief in die Stirn gezogen, starrte er auf die Stiefel des Typen, unfähig, sich zu bewegen. Er war wieder das Opfer, das Scheißopfer, hilflos und ohnmächtig.

Auch Nikolai stand regungslos da. Aber er schaute dem Jungen direkt ins Gesicht. Nach dem ersten Schrecken hatte ihn eine merkwürdige Gefühllosigkeit befallen. So sah also ein Mensch aus, der andere brutal zusammenschlägt. Ein Nazi. Einer, der Juden vernichten will. Nikolai nahm alles ganz genau wahr: Den dunklen Schatten auf seiner Glatze, der von den Schläfen aus in die Bartstoppeln am Kinn überging. Die fast schnurgeraden Brauen. Die hohen Wangenknochen, durch die sein Gesicht hager wirkte. Das Tattoo am Hals, das Leon ziemlich gut beschrieben hatte. Die breiten Ringe an den Fingern, die gehörten zu einem Schlagring, oder? Die schwarze Lederjacke, über der er eine ausgefranste schwarze Weste trug. Die schwarze Jeans, die schwarzen Springerstiefel. Offenbar kannte der Idiot nur eine einzige Farbe. Nikolai fixierte sein Gegenüber. Warum? Warum war dieser Typ so voller Hass?

Das Atmen nicht vergessen. In Yaras Kopf rotierte der Satz, den sie beim Klettern gelernt hatte. Wenn du Angst hast, achte darauf, ruhig zu atmen. Immer wieder war sie an der Wand kurz davor gewesen, in Panik zu geraten, dabei war sie ja gesichert und es konnte nicht viel passieren.

Und so war es auch jetzt. Sie waren zu dritt. Wenn sie sich nicht einschüchtern ließen, waren sie stark genug, sich zu wehren. Sie schaute den Typen genauer an. So sah also ein Nazi aus. Jemand, der Juden derart hasst, dass er sie zusammenschlägt. Was für eine erbärmliche Beschäftigung. Was für ein jämmerlicher Typ. Er konnte einem schon fast leidtun, der Honk. An diese Gedanken klammerte sich Yara und sie schaffte es, ihre Angst in den Griff zu kriegen.

»Was wollt ihr?« Der Blick des Jungen ging von einem zum anderen und blieb dann an Leon hängen. »Hast du noch nicht genug bekommen, du Wanze?« Er schlug sich leicht mit dem Schlagring in die flache linke Hand.

Leon schluckte trocken. Er hatte ihn erkannt! Es war sinnlos, sich verstecken zu wollen.

»Na, pisst du dir in die Hose?«

»Nein.« Ein einziges Wort nur. Es transportierte ein Wirrwarr an Gefühlen, Beklemmung, Trotz, Widerwille. Aber vor allem eins: Angst.

Und die spürte der Junge vor ihm, seine Augen weiteten sich für den Bruchteil einer Sekunde und wurden dann schmal. »Wirklich nicht? Ihr Juden seid doch nicht nur Schmarotzer, sondern auch Feiglinge, oder nicht?« Wieder landete ein Klumpen Rotz auf dem Boden.

»Nein, sind wir nicht«, sagte Leon mit dem letzten Rest von Tapferkeit, der noch in ihm steckte. Als der Junge einen Schritt auf ihn zumachte, sog er heftig die Luft ein.

Nikolai reagierte, ohne zu zögern, und stellte sich vor Leon. »Lass ihn in Ruhe, Arschloch!«, schrie er. »Mich wolltest du erwischen! Mich! Ich bin hier der einzige Jude, du Idiot!« Aufgeputscht von seinem eigenen Gebrüll wollte er sich am liebsten auf den Typen stürzen, ihn schlagen, ihn treten, ihm wehtun, ihn fertigmachen.

Sein Gegner wich überrascht einen Schritt zurück, hob abwehrend die Fäuste. In diesem Moment bog ein Auto auf den Garagenplatz ein und der Junge wandte den Kopf. Die Schlange an seinem Hals schien sich zu winden. »Dein Glück, Scheißkerl«, murmelte er. In der nächsten Sekunde sprintete er los und verschwand hinter den Garagen.

So plötzlich war der Spuk vorbei, dass Leon erst aus seiner Starre aufwachte, als Yara ihm den Arm um die Schultern legte. »O Mann, Yara, o Mann«, sagte er.

Nikolais Herz klopfte wild. Er presste sich die Fäuste gegen die Brust, als wollte er sein Herz im Zaum halten. Ausgebremst. Von hundert auf null. Seine Wut hatte kein Gegenüber mehr, kein Ventil. Er schluckte mehrmals trocken, lockerte die verkrampften Hände, ließ die Arme sinken. Während sein Puls noch immer raste, kam die Erleichterung. Der Typ war weg! Der Sturm in seinem Inneren wurde schwächer.

Aber da war noch etwas anderes, eine Empfindung, die nicht abebbte, sondern mit jeder Sekunde stärker wurde ... eine Art von Triumph. Für einen winzigen Augenblick, kurz bevor das Auto aufgetaucht war, hatte er im Gesicht des Jungen etwas wahrgenommen. Es war Erstaunen gewesen, Verunsicherung. Vielleicht sogar Angst.

26

Mit schlechtem Gewissen stieg Nikolai die Treppen zur Wohnung hoch und wurde bei jeder Etage langsamer. Seine Mutter würde ihn zusammenfalten. Und seine Großmutter war sicher auch enttäuscht, weil er sie mit der Mischpoke allein gelassen hatte.

Eigentlich hatten sie zu ihm nach Hause gehen wollen, nachdem sie die Räder geholt hatten. Doch sie waren total aufgekratzt gewesen, komplett neben der Spur. Wie hätten sie sich da inmitten der Familie an den Esstisch setzen sollen, um zu feiern? Wenn sie von dem Nazi erzählt hätten, hätten sich doch alle furchtbar aufgeregt, ausgerechnet beim Seder.

Vorm Hauseingang waren sie noch mal stehen geblieben und hatten sich alles zum x-ten Mal erzählt. Was sie für eine Angst gehabt hatten ... was für ein übler Typ der Nazi war ... wie cool sie alle drei gewesen waren ... Dann rief Cem an und wollte auch unbedingt noch vorbeikommen. Irgendwie waren sie schließlich bei Yara gelandet und hatten wieder von vorne angefangen. Und mit jedem Mal war ihr Triumph darüber, dass der Scheißnazi davongerannt war, größer geworden.

»Schade, dass ich nicht dabei war«, hatte Cem gesagt und unbedingt auf ihren Sieg anstoßen wollen. Yara hatte ein paar Flaschen Bier aus dem Kühlschrank geholt, Cem einen Flachmann Wodka herumgereicht und Nikolai hatte die Sederfeier aus seinem Gedächtnis verbannt.

Auf dem letzten Treppenabsatz strich er sich die zerknitterte Jacke glatt, sein Hemd war durchgeschwitzt, sein Atem roch nach Bier. Es war still hinter der Wohnungstür, da waren keine Stimmen, keine Lieder zu hören. War die Feier schon vorbei? Die alten Leutchen hielten von Jahr zu Jahr weniger lange durch. Seine Hoffnung, im Beisein der Verwandten einem Krach zu entkommen, schwand.

Doch das Donnerwetter blieb trotzdem aus. Seine Mutter hörte nicht einmal damit auf, das übrig gebliebene Essen im Kühlschrank zu verstauen, während er sich wortreich entschuldigte. Ihre müde Traurigkeit traf ihn mehr als das Geschimpfe, auf das er sich eingestellt hatte.

»Du musst an nichts glauben, wenn du es nicht willst«, sagte sie. »Ich würde mich für dich freuen, wenn du es könntest, Niko. Es gibt eine große Geborgenheit. Aber du musst es nicht. Nur eins ist mir wichtig: Du solltest deine Familie respektieren. Deine Familie und deine Herkunft.«

»Das tu ich ja!« Niko griff zum Geschirrtuch, um die Töpfe abzutrocknen.

Sie redete weiter, ohne ihn anzusehen. »Als ich so alt war wie du, hat es mich auch nicht interessiert, dass wir Juden sind. Bei uns spielte das nicht die geringste Rolle. Aber ich wünschte, ich wäre damit aufgewachsen. Das Leben ist so viel reicher, wenn man einen Glauben hat und eine Tradition. Wenn man Teil einer Gemeinschaft ist. Und du trittst das alles mit Füßen.«

Nikolai stöhnte. Wie oft hatte er diese Geschichte schon gehört? Seine Mutter war sechzehn gewesen, als ihre Eltern Russland verlassen hatten, und es hatte ihr sehr geholfen, die Gemeinde in Hamburg kennenzulernen. Sie war freundlich aufgenommen worden, hatte dort russische Freundinnen gefunden und sich nicht mehr so allein in dem fremden Land gefühlt. Begeistert hatte sie sich darauf gestürzt, den jüdischen Glauben und all die Gebräuche zu lernen.

Er verkniff sich die Bemerkung, dass sie sich selbst nur an die wenigsten Gebote hielt. »Ich trete das nicht mit Füßen, Mama«, sagte er. »Ich wollte ja mit euch feiern. Aber mir ist nun mal was dazwischengekommen. Es tut mir echt leid.« Kurz kam ihm der Gedanke, ihr von dem Vorfall auf dem Garagenplatz zu erzählen, dann würde sie ihn vielleicht besser verstehen. Aber nein – er hatte sich nun mal entschieden, diesen Nazi-Mist für sich zu behalten. Das war besser für alle.

Seine Mutter schüttelte den Kopf und nahm ihm das Geschirrtuch wieder ab. »Noch eins«, sagte sie. »Ich hab es mir überlegt. Wenn du willst, kannst du dich zum Trainingscamp anmelden.«

Nikolai brauchte einen Moment, um das zu verarbeiten. Zum Trainingscamp? Doch dann fiel der Groschen. Die Makkabiade! Er durfte ins Fußballcamp, zum Lehrgang, bei dem die Spieler für das Turnier ausgewählt wurden! »Danke, Mamotschka!« Überschwänglich wollte er sie umarmen.

Sie entzog sich ihm. »Aber nur wenn du die nächste Mathearbeit nicht verhaust«, schob sie hinterher.

»Klar, ich schreibe eine Eins, versprochen.« Er drückte ihr einen Kuss auf die Wange.

»Du riechst nach Bier. Du bist noch nicht mal sechzehn«, grummelte sie, während sie ihn aus der Küche schob. »Putz dir die Zähne.«

»Mach ich sofort.« Nikolai lächelte entschuldigend. Aber statt des Badezimmers steuerte er sein Zimmer an. Sein Lächeln wurde zu einem seligen Grinsen. Er kannte seine Mutter. Natürlich hoffte sie, dass er sich durch das Camp stärker ans

Judentum band. Egal ... Es wäre einfach der Hammer, wenn er es zur Makkabiade schaffen würde. Erst die europäischen Spiele und dann die weltweiten! Hoffentlich war das nicht nur ein spontaner Einfall seiner Mutter, den sie bei der nächsten Zeitungsmeldung über Angriffe auf Juden wieder zurücknehmen würde.

Erschöpft ließ er sich aufs Bett sinken und schloss die Augen. Alles drehte sich, in seinem benebelten Kopf kreisten die Gedanken, Bilder tauchten auf und wieder ab und hinterließen ein Wirrwarr von Gefühlen. Was für ein Tag!

27

Auch Yara hatte nichts erzählt. Als ihr Vater am Abend nach Hause gekommen war, hatten sie gerade noch die Bierflaschen unters Bett schieben können, bevor er in ihr Zimmer schaute. Yara hatte ihm angesehen, wie erstaunt er war, dass sie drei Jungs zu Besuch hatte. Aber er brachte nur einen seiner gewollt witzigen, ziemlich peinlichen Sprüche. Und dann war der Moment, von der Begegnung mit dem Nazi zu berichten, vorbei gewesen.

Am nächsten Morgen beim Frühstück wollte sie überhaupt nicht reden. Sie hatte Kopfschmerzen, obwohl sie von dem Wodka keinen einzigen Schluck genommen hatte. Ihr Vater nahm ihr Schweigen als pubertäre Muffeligkeit hin.

Auch als Maman anrief, war sie nicht gerade gesprächig und freute sich nicht so wie sonst. »Ich glaube, ich krieg eine Erkältung«, sagte sie. Mit einem vagen Schuldgefühl zog sie sich in ihr Zimmer zurück.

Es war merkwürdig ... Mit dem Umzug war sie ein Stück älter geworden, fast so, als hätte sie in ihrem alten Zuhause ihre Kindheit zurückgelassen. Sicher lag das auch daran, dass ihre Mutter nicht da war und sie selbstständiger geworden war. Aber ehrlich gesagt hatte sie auch kaum noch Lust, sich um ihr Mäusemädchen zu kümmern. Als Maxi an einem der nächsten Morgen tot in ihrem Käfig lag, war sie fast ein bisschen erleichtert.

Vielleicht erinnerte der Tod der zweiten Maus Yaras Vater an den Umzugstag – und damit an sein Versprechen, die ehemalige Nachbarin zum Kaffee in die neue Wohnung einzuladen. Yara freute sich über seinen Vorschlag, aber sie war sich ziemlich sicher, dass Frau Winter ablehnen würde. Doch als sie die alte Dame anrief, reagierte die auf eine verstörende Weise anders.

»Was für eine nette Idee, meine liebe Ella«, sagte sie. »Ich gehe ja nicht mehr oft vor die Tür. Aber die eine Etage zu euch hinauf schaffe ich wohl noch. Ich freue mich sehr, euch wiederzusehen. Sag deiner Mutter bitte, sie soll keinen großen Aufwand betreiben.«

Irritiert beendete Yara das Gespräch. So verwirrt war Frau Winter noch nie gewesen.

»Vielleicht erinnert sie deine Stimme an die von Ella«, meinte Yaras Vater. Er schlug vor, am Sonntag gemeinsam nach Frau Winter zu schauen.

Nachdem er zu seinen Nachmittagskursen aufgebrochen war, stand Yara eine Weile vor dem Spiegel im Flur und betrachtete sich. Sie verglich ihr Spiegelbild mit den Fotos von Ella, die ihr Frau Winter gezeigt hatte. Sah sie ihr nicht tatsächlich ein wenig ähnlich? Die gerade, etwas zu spitze Nase, die hohe Stirn … Aber Ella hatte diese wunderschönen Haare, die ihr über den ganzen Rücken hingen. Sie fuhr sich durch die zippeligen Locken, setzte sich eine Mütze auf und nahm ihre Jacke von der Garderobe. Eine komische Unruhe hatte sie gepackt. Hastig verließ sie die Wohnung, rannte die Treppen hinunter und holte ihr Rad aus dem Keller.

Es war wieder die Pflegerin, die ihr die Tür öffnete. »Ich weiß nicht, ob sie dich erkennt. Heute hat sie einen schlechten Tag«, warnte sie Yara. »Es wird immer schlimmer mit ihrem Gedächtnis. Das Beste ist, ihr nicht zu widersprechen.«

Als Yara zu Frau Winter ins Wohnzimmer ging, wirkte die alte Dame genauso munter wie am Telefon. Sie saß auf dem Sofa, ein Kreuzworträtsel auf dem Schoß, jedoch ohne einen Stift in der Nähe zu haben. »Wie schön, dich zu sehen. Und wie groß du geworden bist! Du hast dich so verändert.« Sie strahlte Yara an und reichte ihr beide Hände.

Yara erwiderte ihren Händedruck mit einem hilflosen Lächeln. In welcher Welt lebte Frau Winter jetzt? Erkannte sie sie nicht? »Ich bin's, Yara«, antwortete sie. »Yara!«

Frau Winter nickte wissend. »Du kannst ganz ruhig sein, meine Liebe«, sagte sie. »Hier sind nur gute Menschen. Brauchst keine Angst zu haben. Setz dich ruhig hin.«

Verunsichert nahm Yara auf der Sesselkante Platz. Sie wusste nicht, was sie sagen sollte.

Doch Frau Winter sprach auch schon weiter. »Weißt du, dass ich ein bisschen böse auf dich war? Im Ernst. Ich dachte, ihr seid in den Urlaub gefahren, ohne mir etwas zu sagen. Doch dann hat Mutter mir erzählt, dass sie euch abgeholt haben. Oh, da war ich erst wütend! Du hättest dich doch bei uns verstecken können!« Jetzt funkelten ihre Augen voller Empörung.

»Aber ich ...«

»Es hätte so viele gute Verstecke gegeben. In meinem Kleiderschrank. Oder in Vaters Arbeitszimmer. Vati hat immer gesagt, die Gestapomänner sind so dumm. Die hätten dich nicht gefunden. Deine Eltern hätten doch auch mitkommen können! Wir hatten ja ein Gästezimmer ... Ich versteh das nicht.«

Yara atmete tief gegen den Druck an, der auf ihr lag. Was redete Frau Winter denn da? Sollte sie sie daran erinnern, wie gefährlich es damals war, Juden zu verstecken? Und wie gründlich die Polizei nach Geflüchteten gesucht hatte?

Frau Winters Blick irrte hin und her, dann lächelte sie Yara wieder freundlich an. »Wie nett, dass du da bist! Und so ein hübsches junges Mädchen! Du hättest gerne deinen Freund mitbringen können. Nikolai heißt er, nicht wahr?«

Yara war immer noch verunsichert, weil sie nicht wusste, ob Frau Winter sie erkannte. »Ja, Nikolai.«

»Er ist ein guter Fußballspieler, hast du gesagt.« Frau Winter schmunzelte.

»Ja«, sagte Yara noch einmal. Erleichtert, sich auf sicheres Terrain retten zu können, erzählte sie Frau Winter, dass Nikolai nach Frankfurt zum Makkabi-Trainingscamp fahren würde. Doch während sie über Nikolais Vorfreude redete, merkte sie irgendwann, dass Frau Winter ihr nicht mehr zuhörte. Auf ihrem Gesicht lag ein zufriedenes Lächeln. Sie bewegte die Lippen, als würde sie stumme Gespräche führen. In welcher Welt war sie? Wen sah sie dort? Was erlebte sie gerade? Wie mochte es sein, wenn man fast schon hundert Jahre gelebt hatte? Vorsichtig berührte Yara die alte Frau an der Hand. »Frau Winter? Ich gehe jetzt wieder, ja?«

»Geh nur«, antwortete Frau Winter und sah Yara an, als würde sie durch sie hindurchschauen. »Grüß deine Eltern von mir.«

»Mach ich«, sagte Yara und verließ leise das Zimmer. Mit schwerem Herzen ging sie die Treppen hinunter. Vor dem Haus rieb sie wie immer die goldenen Steine mit einem Taschentuch sauber. Und dann rief sie ihre Mutter an und erzählte, was passiert war. Auch Maman war erschrocken und machte sich Sorgen um Frau Winter. Es war gut, ihren Kummer mit ihr teilen zu können, auch wenn es nur am Telefon war.

28

Leon hatte Yara und Nikolai zum ersten Mal zu sich nach Altona eingeladen. Zu einer Marvel-Marathon-Nacht, die schon am frühen Nachmittag starten sollte. Yara war Feuer und Flamme gewesen. »Eine Sleep-over-Party!«, hatte sie gesagt. Und auch Niko wollte kommen, obwohl er seit Neuestem nichts als sein Fußballtraining im Kopf hatte.

Natürlich hatte Leon für die Marvel-Session einen Tag gewählt, an dem seine Eltern nicht in Hamburg waren. Sie waren zur Modemesse in Mailand geflogen und wollten noch ein paar Urlaubstage dranhängen. Eine Woche lang hatte er die Wohnung für sich allein. Er war in einem diffusen Zustand aus Einsamkeit und Freiheit durch diese Tage gewabert. Am ersten Morgen hatte er sich noch zur gewohnten Zeit aufgerafft, um zur Schule zu gehen, doch am nächsten Tag schon nicht mehr die Energie dafür gehabt.

Auch an diesem Freitagmorgen war er nicht zur Schule gegangen. Er hatte sich gar nicht erst den Wecker gestellt, weil er bis fünf Uhr morgens am PC gezockt hatte. Jetzt hatte er ausnahmsweise geduscht, hungrig drei Bananen verschlungen und dann das Chaos in der Wohnung ein bisschen geordnet. Klamotten unters Bett, Essensreste und Pizzakartons in den Mülleimer, leere Flaschen in die Küchenecke.

Eigentlich war es egal, was er hier veranstaltete. Die sterile

Kühle des Appartements kroch einem sowieso unter die Haut, sowie man zu Tür reinkam. Die bodentiefen Fenster waren zu groß, der Steinfliesenboden zu nackt, die Sofaecke zu protzig und die weißen Schrankwände zu hochglanzpoliert. Die Gemälde an den Wänden waren nur Dekoration und Geldanlage, seinen Eltern war Kunst total schnuppe.

Während er den verschmierten Glastisch und die bekleckerten Fliesen mit einem Wischlappen bearbeitete, hatte er die Musikanlage aufgedreht. Was für ein Sound! Normalerweise wurde diese Power für Nachrichtensendungen verplempert. Auch der Kaminofen wurde nur selten genutzt, die Holzscheite lagen immer ordentlich wie Schuhkartons gestapelt in dem Regal neben dem Ofen. Jetzt war es schon Mai und eigentlich zu warm, um zu heizen. Trotzdem machte sich Leon an die Arbeit. Er hatte noch nie versucht, den Kamin zu befeuern. Aber irgendwie musste er es ja hinkriegen, ein bisschen Gemütlichkeit in die Wohnung zu zwingen, ob die wollte oder nicht.

Als nach mehreren misslungenen Anläufen die Flammen endlich loderten, betrachtete er stolz sein Werk. »Der, der das Feuer beherrscht!«, dröhnte er und trommelte sich mit den Fäusten auf die Brust. Er holte ein paar große Kissen vom Sofa und streckte sich vor dem Kamin aus. Für einen Moment malte er sich aus, hier mit Yara zu liegen. Der rote Schein des Feuers, Billie Eilish, die Flasche Sekt aus dem Kühlschrank … und Yara dicht an ihn geschmiegt. »Oh, Leon«, würde sie flüstern. »Du bist mehr als ein guter Freund für mich …« Aber dann musste er grinsen. Das Bild hatte er aus irgendeinem schmalzigen US-Film geklaut, mit ihnen beiden hatte es nicht viel zu tun. Wenn er ehrlich war, konnte sich Niko gern dazulegen.

Die Wärme des Kamins hatte etwas Beruhigendes. Leon schloss die Augen und ließ sich von der vibrierenden Musik einlullen. Er freute sich total auf Yara und Niko und darauf, dass sie über Nacht bleiben durften. Seit der Begegnung mit dem Nazi waren sie sich irgendwie noch näher, als würden sie ein Geheimnis miteinander teilen. Oder den Stolz darauf, hocherhobenen Hauptes vom Platz gegangen zu sein. Ja, sie waren ein richtig gutes Team.

Eine Weile noch summte er mit, lauschte auf sein eigenes schräges Gebrumm und nahm durch die Augenlider das Flackern des Feuers wahr. Dann tauchte er ab. Das Klingeln an der Haustür drang nicht mehr zu ihm durch und auch das Handy bimmelte ungehört auf dem Teppich neben seinem Bett. Als Yara und Nikolai schließlich aufgaben, lag Leon schon lange im Tiefschlaf.

29

Nikolai hatte sich Hütchen besorgt, mit denen er Dribbling übte. Wenn das Gras zwischen den Häusern zu lang war, stellte er sie auf dem Spielplatz auf, wo manchmal auch Skater ihre Tricks ausprobierten, obwohl der Asphalt hier aufgebrochen und uneben war. An diesem Nachmittag hatte er jedoch den Platz für sich allein. Yara hatte eigentlich vorgeschlagen, dass sie noch ein bisschen bei ihr abhingen, und es war ihm schwergefallen, sie auch noch zu enttäuschen. Sie war ziemlich sauer auf Leon gewesen. Aber wenn er eine Chance beim Auswahltraining in Frankfurt haben wollte, musste er sich ranhalten. Es waren nur noch wenige Wochen bis dahin.

Klar, auch er fand es nicht witzig, umsonst nach Altona gefahren zu sein. Es hatte immerhin einige Überredungskunst gekostet, dass er bei Freunden übernachten durfte. Yara und er waren gerade wieder in der Siedlung angekommen, als sich Leon gemeldet hatte, um kleinlaut zu gestehen, dass er eingepennt war. So was konnte vorkommen, wenn man keine Aufpasser vor der Nase hatte. Nikolai beneidete Leon um seine Freiheit. Er konnte sich nicht erinnern, jemals länger als drei Stunden allein zu Hause gewesen zu sein. Aber er hatte keine Lust gehabt, wieder den Weg zurück nach Altona zu fahren.

Zum Aufwärmen rannte er einige schnelle Runden um den Spielplatz. Eigentlich war Laufen noch besser als Radfahren.

Auf nichts achten, sich nicht konzentrieren müssen, einfach nur gleichmäßig atmen. Kopf frei, alles gut. Auch als er sich seinen Ball schnappte und zu dribbeln begann, ging es darum, das Denken auszuschalten. Es kam auf den richtigen Rhythmus an. Innenseite, Außenseite, Sohle, linker Fuß, rechter Fuß, Tempo erhöhen, Richtung wechseln. Wer da nicht alles ringsherum ausblendete, war verloren.

Erst als ihm der Ball über den Spann sprang und ins Gebüsch rollte, nahm er seine Umgebung wieder wahr. Er sah die beiden Typen, bevor sie ihn entdeckten, den Großen mit dem rasierten Schädel und dem Schlangentattoo und den schmächtigen Rothaarigen, den er nur von Leons Beschreibung kannte. Sie gingen an den Müllcontainern vorbei den Plattenweg entlang. Mit einer eigenartig kalten Ruhe beobachtete Nikolai, wie sie auf den Spielplatz zusteuerten. Er verspürte keine Angst, eher so etwas wie Unwillen. Er wollte weiter trainieren, Fußball spielen, sonst nichts. Er wollte in Ruhe gelassen werden. In Zeitlupe verstrichen die Sekunden, in denen er noch eine Chance hatte, sich seine Sachen zu schnappen und abzuhauen.

Am Rand des zugemüllten Platzes mit den rostigen Klettergerüsten und der armseligen, kaputten Schaukel blieben sie stehen. Keine fünfzehn Meter von ihm entfernt, zwei Typen im Nieselregen, armselig, kaputt, am Ende, wie fast alles hier. Die Trostlosigkeit der Szene traf Nikolai mit voller Wucht. »Ey, Leute, lasst doch« war das Einzige, was er dachte, allerdings ohne es auszusprechen, weil ihm selbst dafür die Energie fehlte. Sein Widerwillen, sich mit der Situation zu befassen, machte ihn wehrlos.

Er reagierte auch noch nicht, als der Tätowierte die Hände hob. Mit einer trägen Bewegung ließ er die rechte Faust in die linke klatschen. Und jetzt erst kam die Botschaft an. Der

Schlagring! In derselben Sekunde drehte sich Nikolai um und rannte los, fegte die rot-weißen Hütchen um, stolperte, fing sich gekonnt und sprintete weiter. Er war gut in Form, optimal aufgewärmt. Die hatten keine Chance. Kurz dachte er an seinen guten Ball und die Hütchen, die er zurückgelassen hatte. Schade, die sah er nicht wieder. Er schaute zurück, die Typen hatten sich in Bewegung gesetzt. Aber in ihren schweren Stiefeln waren sie langsamer als er, der Abstand vergrößerte sich.

»Jetzt rennt er, der feige Jude!«, höhnte der Rothaarige und zeigte ihm im Laufen den Mittelfinger.

Vielleicht war es die plötzliche Wut, die Nikolai unachtsam werden ließ. Oder es war der beschissene, aufgeplatzte Asphalt, der ihn aus dem Tritt brachte. Oder einfach nur Pech. Er blieb mit dem Fuß hängen und schlug der Länge nach auf den Boden. Eine Schrecksekunde, dann sprang er auf, wollte weiterlaufen. Doch da waren sie schon bei ihm.

Genau wie Leon zuvor lag er zusammengekrümmt am Boden, wurde getreten, geschlagen und bespuckt und als Drecksjude beschimpft. Genau wie Leon es getan hatte, versuchte er, mit den Armen seinen Kopf zu schützen. Genau wie Leon musste er Hass und Erniedrigung ertragen. »Verpiss dich von hier, du Wanze, solang du's noch kannst«, drohten sie ihm. Genau wie Leon liefen ihm Blut und Rotz aus der Nase und Spucke aus dem Mund, als sie von ihm abließen, und er blieb liegen, weinend und tief beschämt.

Doch etwas war anders als bei Leon. Für den war der Angriff aus dem Nichts heraus gekommen, völlig unerklärlich. Niko hingegen wusste genau, dass sie es auf ihn und auf niemand anderen abgesehen hatten. Auf ihn, den Juden hier im Viertel. Und trotzdem verstand er kein bisschen besser als Leon, woher ihr brutaler Hass kam.

30

Allein in der Wohnung, versackte Yara ins Grübeln. Sie hatte sich so auf den Abend gefreut! Mit Mühe hatte sie ihren Vater überredet, dass sie mit Nikolai zusammen bei Leon übernachten durfte – wobei sie allerdings verschwiegen hatte, dass seine Eltern nicht da waren. »Papa, bitte!«, hatte sie ihn angefleht. »Du hast doch selbst gesagt, die beiden wären so nette Jungs! Ist doch besser, als spät noch S-Bahn zu fahren, und du bist an dem Abend ja sowieso nicht da.« Sie hatte alle Register gezogen. Und nun das große Nichts.

Sie fühlte sich von allen im Stich gelassen. Ihr Vater war so gut wie nie zu Hause, ihre Mutter ging nicht ans Handy und Leon hatte ihre Verabredung einfach so verschlafen. Niko hatte keine Lust gehabt, noch mal nach Altona zu fahren. Er wollte jetzt lieber Dribbeln üben. Na toll. So war es schon immer gewesen: Niemand interessierte sich wirklich für sie.

Der Kühlschrank war mal wieder so gut wie leer. Sie toastete sich vertrocknetes Weißbrot, ließ es dann aber stehen, nahm sich einen Joghurt, setzte sich damit an den Küchentisch und löffelte ihn lustlos, während sie genauso lustlos ihre Mathehausaufgaben machte. Das Leben war einfach nur öde.

Doch dann gab sie sich einen Ruck. Dieses Selbstmitleid zog sie nur noch weiter runter. Entschlossen knallte sie das Mathebuch zu, zog ihre Sportschuhe an und verließ die Wohnung.

Sie könnte Niko beim Training zuschauen oder sogar mitmachen.

Der Junge, der ihr auf der Höhe der Müllcontainer entgegenkam, schleppte sich gebeugt wie ein alter Mann den Weg entlang, seinen Fußball zwischen Hand und Hüfte haltend. Das Haar hing ihm wirr in die Stirn, sein Trikot war dreckig.

»Niko?!« Irritiert blieb sie stehen.

Er hob den Kopf. Im Schein der Straßenlaterne sah sie den gequälten Ausdruck auf seinem Gesicht. Und all das Blut! Sie wusste sofort, was passiert war. Ihr Herz zog sich zusammen vor Mitleid und Entsetzen und Schuldgefühl. Wäre sie doch bei ihm geblieben, anstatt sich schmollend zurückzuziehen!

Sie lief ihm entgegen, wollte ihm den Arm um die Hüfte legen, um ihn zu halten, aber er krümmte sich nur noch mehr. »Lass mal.« Doch dann stützte er sich doch auf ihrer Schulter ab. Yara liefen die Tränen über die Wangen. »Diese Scheißkerle«, flüsterte sie. »Das werden sie büßen.«

Mühsam gingen sie weiter. Yara traute sich nicht, nach Einzelheiten zu fragen. Niko schien all seine Kraft zu brauchen, um vorwärtszukommen. »Schaffst du es zu euch hoch, Niko?«, fragte sie schließlich. »Sollen wir einen Krankenwagen rufen?«

Er schüttelte kaum merklich den Kopf. »Lass mal«, sagte er wieder leise. Vor ihrem Haus blieb er stehen. »Kann ich mit zu dir?«

»Klar, wenn du willst«, sagte sie schnell. »Sind ja nicht so viele Treppen wie bei euch.«

Kurz darauf lag Nikolai auf Yaras Bett. Sie hatte ihm Kühlpads und Wasser gebracht und ihm vorsichtig das Gesicht mit einem Waschlappen abgewischt. Niko presste sich einen ganzen Stapel Taschentücher auf die Wunde an seiner Stirn. Es war schrecklich, zu sehen, wie sehr ihm alles wehtat. Aber immerhin war er jetzt in der Lage zu erzählen, was auf dem Spielplatz passiert war. Yara hörte zu, die Fäuste fest geballt.

Nikolai wiederholte Yaras Worte, als hätten sie jetzt erst ein Echo in seinem dröhnenden Kopf gefunden. »Das werden die büßen. Ich bringe sie um, diese Arschlöcher.« Er machte eine zu heftige Bewegung und der Schmerz nahm ihm kurz die Luft. »Ich frage Cem. Dann sind wir zu viert. Wir schieben Wache in der Nähe der Kneipe. Und wenn der auftaucht, machen wir ihn fertig.«

»Und wenn der andere auch da ist, der Rothaarige?« Yara, die ihm gegenüber auf ihrem Schreibtischstuhl saß, verzog zweifelnd das Gesicht.

»Dann sind wir immer noch doppelt so viele.« Nikolai schloss die Augen. Es strengte ihn an, zu reden, jeder Atemzug eine schmerzvolle Attacke. »Das Training kann ich erst mal vergessen«, murmelte er.

»Vielleicht solltest du doch zum Arzt gehen«, schlug Yara vor. Richtig krank sah Niko aus, kreidebleich, dunkle Schatten unter den Augen, in den Mundwinkeln verkrustetes Blut.

»Nee, das wird schon.« Er warf die blutverschmierten Taschentücher auf den Boden. »Ich schwör dir, Yara. Ich kann auch richtig zuschlagen, wenn ich will!«

»Willst du denn?«

Mit finsterem Blick schaute er auf seine Hände, die von den Fußtritten rot geschwollen waren, als suchte er dort nach einer Antwort. »Klar, das ist Notwehr! Wir besorgen uns Baseballschläger. Mir bleibt ja nichts anderes übrig, die machen doch sonst immer so weiter!«

Yara kniff die Lippen zusammen. Ja, womöglich ging das wirklich immer so weiter. Wie bei Ella ... Frau Winter hatte immer wieder gesagt, dass man die Nazis rechtzeitig hätte stoppen müssen. »Niemand hat sich getraut, diese Barbaren aufzuhalten!« Frau Winter war nach all den Jahren immer noch genauso wütend wie Niko jetzt.

»Cem kennt einen, der spielt Baseball. Vielleicht macht der ja auch noch mit. Je mehr wir sind, umso besser.« Nikolai sprach eher mit sich selbst als mit Yara.

Aus der Nachbarwohnung drang das übliche Geschrei durch die Wand. Yara kannte mittlerweile jedes Schimpfwort, das sich die Leute gegenseitig an den Kopf warfen. Sie presste sich die Hände auf die Ohren. Warum konnten die nicht einen Abend die Klappe halten?

Nikolai bekam nichts davon mit. Er kämpfte gegen demütigende Bilder an, sobald er nur für eine Sekunde die Augen schloss. Um sie zu verjagen, malte er sich bessere aus. Bilder, in denen er sich nicht zitternd auf dem Asphalt krümmte. Szenen, in denen er sich wehrte und die anderen am Boden lagen. In denen er auf diese Typen eintrat, links, rechts, links, bis sie um Gnade bettelten. Unwillkürlich stöhnte er auf.

»Hast du dolle Schmerzen, Niko?« Yara sah ihn besorgt an.

»Geht so.«

»Meinst du nicht ... ich finde ... ich meine ...« Yara wusste nicht wirklich, was sie sagen wollte. Aber dass sie etwas sagen musste, war ihr klar. Sie konnte Nikos Wut nur zu gut verstehen. Aber es war ein absurder Plan, diese Typen zusammenschlagen zu wollen. Wo sollte das hinführen? »Niko, du musst zur Polizei gehen!«, platzte es aus ihr heraus. »Auch wenn sie Leon wieder weggeschickt haben, musst du es trotzdem versuchen. Wenn die dich sehen, dann können sie das nicht als normale Klopperei abtun. Und deine Mutter muss mitgehen. Erwachsene nimmt die Polizei ganz bestimmt ernster.«

Nikolai antwortete nicht. Und so versuchte Yara es weiter.

»Das sind doch auch nicht nur die zwei, Niko. Es gibt jede Menge bescheuerte Nazis. Wir können uns doch nicht auf einen Krieg mit denen einlassen, das wird doch nur schlimmer. Krieg ist doch sowieso scheiße. Wir müssen die anzeigen, Niko! Dieses Mal unternimmt die Polizei bestimmt was.« Sie redete und redete – bis Nikolai endlich reagierte.

»Hör auf, Yara«, sagte er verzweifelt. »Hör endlich auf!«

31

Natürlich wusste Nikolai, dass Yara recht hatte. Er war keiner, der sich schlug. Das war er noch nie gewesen. Wenn es irgendwo nach Streit roch, zog er sich zurück. Raus aus der Schusslinie. Das war schon in der Kita so gewesen und so lief es auch in der Schule. Selbst beim Fußballtraining fiel es ihm schwer, richtig draufzugehen. »Mehr Körpereinsatz, Niko. Dir fehlt die nötige Härte!«, bekam er immer wieder zu hören. Er war nun mal mehr der Techniker, der Ballkünstler, er war geschickt und schnell und ausdauernd. Alles Sachen, die man üben konnte.

Aber wie lernte man, aggressiv zu sein? Wie schaffte man es, keine Hemmungen zu haben? Wie nietete man seinen Gegner um, wenn es die Situation erforderte? »Wenn du oben mitspielen willst, darfst du nicht derjenige sein, der zurückzuckt«, hatte sein Trainer gesagt.

Neulich, da hätte er sich auf den Nazi gestürzt, wäre der nicht abgehauen. Da hätte er einfach blind zugeschlagen. Da war sein Hass so groß gewesen, dass es funktioniert hätte. Aber dieser Junge voller Hass, das war nicht er gewesen ... Und so wollte er eigentlich auch nicht werden. Nein, er musste zur Polizei, das war der einzig mögliche Weg, sich zu wehren.

Als Niko sich Treppe für Treppe in den fünften Stock quälte, kam ihm jeder Schritt unendlich schwer vor. Und das lag nicht nur an seinen Verletzungen. Gleich würde er seiner Mutter und seiner Großmutter entgegentreten müssen. Ihr Entsetzen, ihre Angst, all ihre Fragen ... O Mann, er wünschte, er hätte das bereits hinter sich. Yara hatte angeboten, mitzukommen, doch er hatte abgelehnt. Seine Mutter würde es nur zusätzlich stressen, auch noch auf einen fremden Menschen Rücksicht nehmen zu müssen. Und außerdem war sie seit der verpassten Sederfeier nicht gut auf Yara zu sprechen, weil sie ihr die Schuld daran gab. »Das Mädchen hat dir den Kopf verdreht«, hatte sie geschimpft. Aber davon hatte er Yara nichts erzählt.

Der erste Moment, noch im Wohnungsflur, war genau so, wie er ihn sich vorgestellt hatte. Doch der tränenreiche Sturm, der über ihn hinwegfegte, dauerte nicht lange. Denn noch bevor Nikolai Einzelheiten des Überfalls erzählen konnte, hatte seine Mutter ihn auf das Wohnzimmersofa bugsiert und zum Telefon gegriffen.

»Wo rufst du an? Bei der Polizei?« Niko ließ sich in die Polster sinken und versuchte ihren Gesichtsausdruck zu deuten. Sie sah auf einmal ruhig und entschlossen aus.

»Ich rufe den Notarzt«, antwortete sie. »Vielleicht hast du innere Blutungen oder so etwas. Und jetzt rede nicht mehr, Nikosch. Ruh dich aus.«

Niko protestierte nicht. Auch nicht dagegen, dass seine Babuschka ihm wie einem Kind die dreckigen Fußballschuhe auszog, und auch nicht gegen den nassen, kalten Waschlappen, den sie ihm auf die Stirn drückte. Er hörte kaum mehr zu, wie seine Mutter dem Notdienst erklärte, was passiert war. »Ich weiß nicht. Er sieht nicht gut aus«, war das Letzte, was er verstand, bevor er einschlief.

32

Nachdem Nikolai gegangen war, tigerte Yara durch die Wohnung, unfähig, irgendetwas zu tun, um sich abzulenken. Ihr Vater war noch bei seinen Abendkursen, aber eigentlich gab es sowieso nur einen, mit dem sie sprechen wollte. Dass der sie ein paar Stunden zuvor ziemlich genervt hatte, spielte jetzt keine Rolle mehr. Obwohl sie sich noch gar nicht so lange kannten, war Leon ihr bester Freund. Aber genau deshalb zögerte sie auch. Es würde ihn total fertigmachen zu erfahren, was mit Niko passiert war. Die Erinnerung, die er seit Wochen niederkämpfte, würde mit voller Wucht zurückkommen.

Sie stand mit dem Handy in der Hand am Fenster, als unten der Krankenwagen vorfuhr. Im ersten Moment erschrak sie. So ein Wagen sah immer nach Unheil aus. Aber das Unheil war ja eh schon geschehen ... Es war gut, dass Nikolai ordentlich untersucht wurde. Angespannt wartete sie darauf, ob die beiden Leute, die im Haus verschwunden waren, mit oder ohne Niko wieder auftauchen würden. Kurz darauf kamen sie auch schon: zuerst Nikolais Mutter, dahinter der Mann und die Frau vom Krankenwagen mit Nikolai. Er ging zwischen den beiden, langsam, Schritt für Schritt.

Yara öffnete das Fenster, wollte ihm alles Gute wünschen, doch dann entdeckte sie die Schaulustigen, die den Wagen wie die Geier umkreisten. Niko würde es hassen, wenn sie ihm jetzt von oben was zubrüllte. Stumm sah sie zu, wie er einstieg und der Wagen mit ihm davonfuhr. »Massel tov«, murmelte sie. Es war einer der jiddischen Ausdrücke, die Frau Winter manchmal benutzte. »Viel Glück.«

Dieses Mal überhörte Leon ihren Anruf nicht. »Ah, du hast mir verziehen, Delamare. Gib's zu, du kannst dir ein Leben ohne mich nicht vorstellen«, witzelte er.

»Das stimmt«, antwortete Yara. Und dann erzählte sie ihm von dem Überfall und dass sie Nikolai gerade ins Krankenhaus gebracht hatten.

»Scheiße.« Mehr kam von Leon nicht. Aber die Stille, die sich anschloss, sagte genug.

»Die checken Niko gründlich durch und morgen ist er wieder zu Hause«, meinte Yara schließlich. »Am liebsten würde ich schnell zu seiner Mutter rüber und fragen, was der Arzt gesagt hat. Aber so spät kann ich da wohl nicht mehr klingeln.«

»Nee.«

»Ich denke mal, es wird nicht so schlimm sein.«

»Nee, wohl nicht.«

»Leon?«

Keine Antwort. Yara spürte seine Einsamkeit, als würde die Leere seines Zuhauses durchs Telefon kriechen. »Leon, wie geht es dir?«

»Ich hab keine Lust, hier alleine abzuhängen. Ich werd hier noch depri«, sagte er. »Wollen wir klettern?«

»Meinst du jetzt?« Yara lachte verunsichert. Offenbar witzelte Leon schon wieder herum.

Doch er meinte es ernst. Er wollte in die Kletterhalle und hatte bereits einen Plan. Mit dem Geld, das seine Eltern ihm dagelassen hatte, würde er das Taxi zur Halle bezahlen. Dann würden sie durch das kaputte Fenster des Jungsklos einsteigen, ein bisschen klettern, sich ein bisschen auspowern, ein bisschen Spaß haben. »Wir können uns auch Pizza liefern lassen. Oder Sushi. Wir machen es uns richtig nett.«

Jetzt war es Yara, die nicht antwortete. Das war eine Schnapsidee, oder? Eine echte Leon-Spinnerei. Aber Leon klang total euphorisch, er war wild entschlossen und er quatschte so lange auf sie ein, bis sie endlich Ja sagte. Vielleicht war es besser, als in Grübeleien zu versinken.

Fünf Minuten später hatte sie ihre Sportsachen in den Rucksack gepackt, eine Flasche Apfelschorle und eine Tüte Chips eingesteckt und rannte die Treppen hinunter. Hoffentlich kam ihr auf den letzten Metern nicht noch ihr Vater entgegen. Noch einmal wollte sie an diesem Abend nicht ausgebremst werden.

33

DIE GRÜNLICHE NOTBELEUCHTUNG an der Halle warf ein unheimliches, kaltes Licht auf den Boden, das die Umgebung nur umso schwärzer erscheinen ließ. Während Yara im Dunkeln vor der Sporthalle saß und auf Leon wartete, stiegen zusammen mit der Angst auch Zweifel in ihr auf. Was für eine bescheuerte Idee, hier mutterseelenallein rumzusitzen und zu hoffen, dass Leon tatsächlich auftauchte. Vielleicht war er wieder eingeschlafen. Oder er hatte das Geld für das Taxi irgendwo verkramt. Oder er hatte es sich anders überlegt, weil er doch Schiss bekommen hatte. Oder sonst was ... Immer wieder schaute sie, ob er ihr eine Nachricht geschickt hatte. Es war doch sowieso absurd, um diese Uhrzeit klettern zu wollen.

Je länger sie wartete, umso lebendiger wurde die Nacht. Da kam ein Geräusch von den Fahrradständern, da raschelte es in den Büschen, da schrie in der Ferne eine Katze. Vielleicht hatten die Schlägertypen gesehen, wie sie mit dem Rad losgefahren war. Zumindest der mit dem Tattoo wohnte doch in der Nähe, oder nicht? Beobachteten die sie womöglich? Was machte sie hier nur? In was war sie da hineingeraten? Und wo um alles in der Welt blieb Leon?

Als sich die weißen Lichter zweier Autoscheinwerfer näherten, stand sie auf und drückte den Rücken fest gegen die Hallenwand. Dann erkannte sie ein Taxi, das auf den Parkplatz einbog, und sie seufzte vor Erleichterung. Leon stieg aus, seine Sporttasche über die Schulter gehängt, und balancierte eine große Plastikschachtel.

»Sorry«, sagte er. »Hat ein bisschen länger gedauert. Hab noch Sushi geholt.«

»Ich wollte gerade wieder nach Hause fahren.«

»Sorry, Yara, ehrlich.«

Sie verzieh ihm sofort. Sein schuldbewusstes Grinsen konnte nicht darüber hinwegtäuschen, wie fertig er aussah.

»Willst du wirklich in die Halle? Wir können uns mit dem Sushi auch auf die Bank setzen.«

»Klar will ich. Warte hier.« Er drückte ihr das Sushi in die Hand und ging um die Halle herum. Es dauerte keine drei Minuten, dann öffnete sich von innen die Tür und Leon schwenkte mit großer Geste die Arme. »Hereinspaziert, meine Damen und Herren!«

»Du bist so ein Clown.«

Nur von Leons Handytaschenlampe beleuchtet lag der Eingangsbereich in ungewohnter Finsternis. Yara blieb dicht hinter Leon. Sie atmete flach. Der Geruch nach verschwitzten Klamotten aus den Umkleiden, das Quietschen ihrer Sohlen auf dem Linoleum und die Leere der großen Halle, durch deren Glasfenster fahler Mondschein fiel – das alles war irgendwie beklemmend.

»Huhuuhuuuuh!«, kasperte Leon. Er ließ den Lichtkegel durch den Raum wandern, bis er schließlich über die Kletterwand tanzte. Wie ein vieläugiges Fabelwesen sah die Wand mit ihren bunten Griffen und wulstigen Überhängen aus. Und irgendwie guckte das graue Riesentier ziemlich missbilligend auf sie herunter.

Yaras Augen hatten sich an die schummerige Atmosphäre

gewöhnt und jetzt sah sie es: Das Tier hatte sich verschanzt. Der untere Teil der Wand war durch eine Abdeckung gesichert, sodass man an die ersten Griffe nicht herankam. »Tja, schade.« Die Luft auspustend ließ sie ihre Sporttasche auf den Boden plumpsen. »Das hätten wir uns ja denken können.«

»Was denn, Delamare?« Leon stellte die Sushipackung auf ihre Tasche und ging auf die Wand zu. »Davon lassen wir uns doch nicht einschüchtern. Das kriegen wir schon hin.« Er streckte sich und hopste vor der Wand auf und ab.

»Mann, Leon, hör doch auf mit dem Blödsinn.« Yara lachte. »Das klappt nicht.«

Leon tat, als hörte er sie nicht. Vor sich hin pfeifend schleppte er die Bank heran, die an der Seite stand. Yara musste daran denken, wie sie auf dieser Bank ihr allererstes Gespräch geführt hatten. Damals hatte sie weder Ahnung vom Klettern gehabt noch gewusst, wie verrückt Leon war. »Nun komm schon«, rief er ihr zu. »Du stellst dich auf die Bank und ich steige auf deine Schultern, dann reicht das.«

»Du spinnst doch, Leon.« Yara schüttelte den Kopf. »Da liegt ja nicht mal eine Matte.«

»Stimmt. Die bringt auch noch etliche Zentimeter. Aber jetzt musst du wirklich mal mit anpacken.«

Widerstrebend ließ sich Yara von Leon dazu bringen, mit ihm die dicke Matte zur Wand zu zerren. Als sie die Bank daraufstellten, war klar, dass das eine wackelige Angelegenheit werden würde.

»Komm, das kriegen wir hin«, sagte Leon.

Natürlich klappte es nicht. Leon schaffte es zwar bis auf Yaras Schultern, aber wenn er sich aufrichten wollte, geriet er jedes Mal ins Schwanken und musste abspringen. Leon fluchte, gackerte, alberte herum und Yara ließ sich anstecken.

Schließlich war sie es, die vorschlug, es andersherum zu probieren. Sie war leichter und auch ein bisschen geschickter als Leon. Von seinen gefalteten Händen aus kletterte sie auf seine Schultern. Während sie sich an der Abdeckung abstützte, stellte sie einen Fuß auf seinen Kopf und drückte sich hoch. Tatsächlich! Ihre Finger berührten den untersten Griff. Dann ging alles ziemlich schnell. Leon streckte die Hand nach oben, sodass Yara einen weiteren Tritt hatte. Sie konzentrierte sich, drückte sich ab und angelte gleichzeitig nach dem nächsthöheren Griff. Mit Schwung und Muskelkraft erreichten ihre Füße den Rand der Abdeckung, sodass sie verlässlichen Halt hatte.

»Super, Delamare!«, rief Leon.

Yara warf einen Blick nach unten. »Nimm die Bank weg«, sagte sie. »Ich will da nicht draufknallen, wenn ich runterfalle.« Jetzt erst wurde ihr so richtig klar, dass sie nicht gesichert war. Aber von dieser Höhe aus konnte sie ohne Probleme abspringen. Ein paar Griffe mehr waren auch noch drin. Schließlich war sie an dieser Wand schon schwierigere Routen geklettert als diese hier. Geschickt stieg sie immer weiter, bis sie, ohne es wirklich geplant zu haben, oben ankam. Als sie hinunterschaute, stockte ihr der Atem. Normalerweise würde sie jetzt am Seil heruntergelassen werden. Aber da war kein Seil. Ihr blieb nichts anderes übrig, als abwärtszuklettern. Und das war weitaus komplizierter als aufwärts.

Leon hatte den besseren Überblick und versuchte, sie von unten zu dirigieren. Yara presste sich an die Wand, tastete mit den Füßen nach Halt. Ihre Beine begannen zu zittern, die Armmuskeln brannten, die Fingern schmerzten. »Ich kann nicht mehr«, stöhnte sie. »Ich muss abspringen.«

»Mach ruhig. Ich gebe dir Hilfestellung.« Leon streckte die Arme aus. Im nächsten Moment fiel ihm Yara auch schon vor die Füße. Er hielt sie fest, ihr wild pochendes Herz klopfte ihm gegen die Rippen. »Hallo, Plumpsack«, sagte er und pustete ihr über die schweißnasse Stirn. »Alles okay?«

Die ersten Schrecksekunden verloren schnell ihre betäubende Wirkung. Durch Yaras rechtes Fußgelenk schoss der Schmerz und sie zuckte zusammen. »Nee«, antwortete sie. »Ich muss mich hinsetzen. Ich glaube, ich hab mir was verknackst.« Mit Leons Hilfe humpelte sie zur Bank, wo sie sich erschöpft niederließ.

»Trink erst mal was.« Leon rannte zu seiner Tasche und kam mit einer Flasche Astra wieder.

»Bier?« Yara verzog das Gesicht und dann kippte sie einen großen Schluck hinunter. »Bääh!« Sie wischte sich den Mund ab.

Während Leon ihren Fuß begutachtete, als wäre er ein Orthopädie-Experte, versuchte sie, ihn auf und ab zu bewegen und vorsichtig aufzutreten. Es tat ziemlich weh und das Gelenk war mittlerweile angeschwollen. »So ein Mist«, murmelte sie.

Leon nickte wissend. »Das muss geröntgt werden. Meinst du, wir sollten einen Krankenwagen rufen?«

Yara grinste schief. Dann kamen vielleicht dieselben Leute, die bei Niko gewesen waren. »Das ist echt nicht nötig«, antwortete sie.

»Und wenn du deinen Vater anrufst?«

»Hab ich auch schon überlegt, aber …« Entschlossen schüttelte sie den Kopf. Ihr Vater war eigentlich ziemlich tolerant. Aber diese Aktion hier … Vielleicht würde er ihr das Klettern verbieten? Und Maman würde sich sicher auch jede Menge Sorgen um sie machen. Nein, so schlimm war das mit ihrem Fuß nicht. Das bekam sie schon allein hin.

34

Kurz darauf waren sie unterwegs zum Krankenhaus. Leon strampelte sich auf Yaras Fahrrad ab, während sie hinter ihm auf dem Gepäckträger saß, einen Arm um seine Hüfte geschlungen, in der anderen Hand die Sushi-Box halbwegs gerade haltend.

Sie hatten Glück, in der Notaufnahme war nicht allzu viel los. Nachdem Yaras Fuß geröntgt worden war, dauerte es trotzdem eine Weile, bis die Ärztin für sie Zeit hatte. »Es ist nichts gebrochen. Ob Bänder verletzt sind, können wir so allerdings nicht erkennen«, sagte sie. Mit einem Stützverband, zwei Krücken und dem Auftrag, am nächsten Tag einen Termin für ein MRT zu machen, wurde Yara entlassen.

Als sie ins Wartezimmer kam, war Leon nicht da. Stattdessen fand sie auf ihrem Handy eine Nachricht, die nur aus Bildchen bestand: Biergläser, Essstäbchen, Partyclown und Smiley. Na toll. Hatte er sich aus dem Staub gemacht, um irgendwo feiern zu gehen? Eine Sekunde später kam eine weitere Nachricht: Station E, Zimmer 13. Im Eingangsbereich hatte sie einen Lageplan gesehen, und noch während sie den Plan musterte, begriff sie. Auch in ihrem Hinterkopf hatte ja bereits der Gedanke herumgespukt, dass Nikolai vielleicht hier irgendwo lag. Station E, durfte man da einfach so hingehen, mitten in der Nacht?

Sie humpelte zum Lift und fuhr in den dritten Stock. Als sich die Aufzugtür öffnete, spähte sie in den Flur vor ihr. Er war menschenleer. So leise wie möglich setzte sie ihre Krücken auf und hüpfte den langen, stillen Gang hinunter. Ganz schön unheimlich. In der Luft lag ein beklemmender Dunst aus Krankheit, Putzmitteln und Schlaf. Und Schlaflosigkeit. Von irgendwoher drang das Geräusch eines Fernsehers.

Auch hinter der Tür des Zimmers Nummer 13 waren gedämpfte Stimmen zu hören. Unbeholfen mühte sie sich ab, die Klinke zu drücken, ohne eine Krücke fallen zu lassen. Aber da wurde die Tür auch schon von innen aufgemacht. Leon, natürlich. Sein typisches Grinsen im Gesicht, Bierfahne, Chipskrümel, Gekicher. »Da bist du ja endlich, Hinkefuß«, sagte er.

Im Hintergrund winkte ihr Nikolai aus einem großen, hohen Bett zu, die halblangen Haare zerwühlt und eine Schramme auf der Stirn, knallrot vom Desinfektionsmittel. Yaras Herz zog sich zusammen.

»Hi, Yara.« Er lächelte und hob zur Begrüßung seine Flasche Cola. »Ich hab gedacht, ich träume, als Leon plötzlich an meinem Kopfkissen gezupft hat.«

Jetzt musste auch Yara grinsen. »Der reinste Albtraum.«

»Na, hör mal, Delamare! Das ist doch einer deiner geheimsten Wünsche«, spottete Leon. Er schloss hinter ihr die Tür und bugsierte sie aufs Bett neben Nikolai, bevor er sich zwischen Chipstüten und der aufgeklappten Sushi-Box auf die andere Kante setzte.

Yara zeigte ihm einen Vogel. Ihr Blick wanderte zu dem zweiten Bett hinüber, in dem ein ziemlich massiger Mann auf dem Rücken lag und schnarchte, die Schlafbrille über den Augen. Der bekam ganz offensichtlich gar nichts mehr mit.

»Hat 'ne Schlaftablette genommen«, sagte Nikolai.

»Durst?« Leon drückte ihr ein Astra in die Hand und Yara

schaffte es nicht, abzulehnen. Wie oft hatte sie ihm eigentlich schon gesagt, dass sie Bier nicht mochte? Das schmeckte doch wie schon mal getrunken und in die Flasche zurückgespuckt … Und Bier mit Sushi? Egal, sie nahm einen Schluck und steckte sich dann ein Maki in den Mund.

»Auf unsere Marvel-Nacht«, sagte Nikolai und ließ seine Flasche gegen die der anderen klacken.

Marvel-Nacht? Yara stutzte. War das wirklich noch immer derselbe Tag, an dem sie enttäuscht bei Leon vor der Haustür gestanden hatten? Was passte denn alles in ein paar Stunden hinein? Seit sie Leon und Niko kannte, war die Zeit eine andere geworden.

Leon kramte in seiner Tasche herum, holte bunte Windlichter heraus, die er auf Nikolais Nachttisch und der Fensterbank verteilte, und schaltete das Deckenlicht aus. Das Krankenzimmer schimmerte in warmem Rot. »Romantisch, oder? Ich meine, wenn man sich den Schnarchsack mal wegdenkt.« Er warf ein Maki in die Luft und fing es mit dem Mund auf. »Jetzt du«, forderte er Nikolai auf.

Nikolai grinste. »Sehr witzig.«

Jetzt erst bemerkte Yara, dass er unter seinem T-Shirt einen Verband trug. »Zwei Rippen gebrochen«, sagte er, als er ihren fragenden Blick sah. »Stört irgendwie beim Sushi-Schnappen. Und dein Fuß?«

»Wahrscheinlich nur 'ne Prellung. Ich soll noch ins MRT. Und was ist mit deinem Gesicht, Niko?«

»Ach, nichts. Ein Kratzer.« Seine Stimme klang abweisend.

Einen Moment war es still zwischen ihnen. Etwas Finsteres, Unheilvolles hatte sich zu ihnen gesellt.

Es war natürlich Leon, der das Schweigen als Erster brach. Geräuschvoll sog er die Luft ein. »Müsst ihr eigentlich pausenlos über eure Krankheiten reden?«, sagte er. »Das hier ist 'ne Party, Leute!« Er nahm sein Handy und scrollte durch seine Playlist. In der nächsten Sekunde erfüllten Klänge aus einer anderen Welt den Raum. Billie Eilish. Ihre Stimme verscheuchte alle düsteren Bilder. Sie zauberte sogar den Mann im Nebenbett weg.

Leon streckte sich mit dem Kopf am Fußende der Länge nach aus. »Komm, Delamare, mach's dir gemütlich«, sagte er und zog sie neben sich. Sanft stupste er Nikolai gegen den Unterschenkel. »Geht das so, Niko?«

»Ja. Könnte nicht besser sein.«

»Und du, Delamare? Alles gut?«

»Alles gut.«

»As long as I'm here no one can hurt you.« Billie Eilishs Musik war wie eine Umarmung, ein Trost, ein Schutz gegen alles Böse auf der Welt. *Solange ich hier bin, kann dir niemand wehtun.* Yara schloss die Augen. Sie hörte Leon neben sich atmen und spürte die Wärme, die von Niko ausging. So war das Leben, oder? So zerbrechlich und traurig und schön.

35

»HALLOOO?« Der Krankenpfleger wirkte eher erstaunt als empört. Er wollte gar keine Erklärungen oder Entschuldigungen, sondern nur, dass Yara und Leon so schnell wie möglich ihren Kram einpackten und verschwanden. Sie hatten alle drei tief und fest geschlafen und nun hatte Niko kaum Zeit, sich von den beiden zu verabschieden, da waren sie schon zur Tür hinaus.

Nach einer kurzen Untersuchung durfte auch er gehen. Keine Anzeichen für eine Gehirnerschütterung. Abgesehen von den gebrochenen Rippen, der Schramme auf der Stirn und ein paar Prellungen alles okay.

Gegen die Schmerzen hatte er Tabletten bekommen, aber dem Kummer seiner Mutter, die ihn abholte, war er ohne Schutzschild ausgesetzt. Während sie vor dem Eingang des Krankenhauses aufs Taxi warteten, hatte sie Tränen in den Augen.

»Ich habe Angst um dich, Nikosch«, sagte sie. »Du musst auf dich aufpassen, versprichst du mir das? Musst du denn ständig unterwegs sein?«

Statt einer Antwort legte er ihr den Arm um die Schultern, als müsse er sie beschützen. Er wusste ja, dass auch sie schon judenfeindliche Sprüche zu hören bekommen hatte, genauso wie antirussische Bemerkungen. Was hatte denn seine Mamotschka, die eineinhalb Köpfe kleiner war als er, für eine Chance, wenn jemand sie angriff? Aber sie fuhr jeden Tag mit der S-Bahn zur Arbeit, sie machte ihre Hausbesuche als Pflegerin, sie ging einkaufen und ins Gemeindehaus, sie traf sich mit Freundinnen. Sie lebte ihr Leben. Und auch er würde seines so leben wie bisher. Ob mit oder ohne Angst.

Als das Taxi kam, nannte sie dem Fahrer die Adresse der Polizeiwache. Niko verspürte einen Druck auf der Brust, der nicht von den verletzten Rippen kam. »Ich wäre eigentlich lieber erst mal nach Hause gefahren«, murmelte er. Vielleicht ging es ihm ja sowieso wie Leon und keiner nahm ihn ernst!

Es war dieselbe Wache, bei der auch Leon und Yara gewesen waren. Aber dieses Mal lief es anders. Dieses Mal war es ein anderer Beamter und für den gab es keinen Zweifel, dass der Überfall eine antisemitische Gewalttat gewesen war. Kein Wort von Prügelei unter Jugendlichen.

»Diese Taten nehmen zu. Es gibt von Jahr zu Jahr mehr judenfeindliche Delikte«, sagte der Polizist. Er nahm Nikolais Aussage zu Protokoll, er wollte alles genau wissen. Und dann versicherte er ihm, dass seine Anzeige an die zuständige Stelle weitergeleitet werden würde.

Von der Wache aus gingen Nikolai und seine Mutter zu Fuß nach Hause. Er hatte sich geweigert, noch mal ein teures Taxi zu nehmen. Lieber die Zähne zusammenbeißen, so lässig wie möglich schlendern, keine Schmerzen zeigen, damit seine Mutter ihn nicht mehr so besorgt ansah.

Doch als ihr Weg sie ausgerechnet an Kallis Korner vorbeiführte, zerbrach seine Rüstung. Er war schutzlos. Keine halbe Stunde war es her, da hatte er dem Polizisten erzählt, dass dies vermutlich die Stammkneipe des Tätowierten war. Schwitzend, den Blick starr geradeaus gerichtet, beschleunigte er seine Schritte. Erst an der nächsten Ecke wurde ihm bewusst, wie absurd seine Panik war. So früh am Morgen hatte Kallis Korner ja noch geschlossen.

Seine Mutter sah ihn fragend an. Ihr war offenbar nicht aufgefallen, dass sie an der Kneipe vorbeigegangen waren. »Muss dringend aufs Klo«, sagte er.

Als sie sich zehn Minuten später dem Spielplatz näherten, versuchte Nikolai sich zu wappnen. Er ballte die Hände in den Hosentaschen und trat so fest auf, als marschierte er in den Kampf. Es ging ja nicht anders. Er wohnte hier, verdammt noch mal, dies war sein Viertel, sein Zuhause. Wenn er sich von seiner Angst beherrschen ließ, konnte er ja gleich auswandern. Nein, alles im grünen Bereich. Diese Idioten hatten ihren Spaß gehabt, die tauchten sicher nicht so schnell wieder auf. Und die Polizei wusste Bescheid. Die hatten versprochen, hier verstärkt Streife zu gehen.

Er sah zu Yaras Haus hinüber, der Vorhang an ihrem Fenster war noch zu. Sie hatte sich bestimmt noch mal schlafen gelegt. Wie schön, dass sie gleich gegenüber wohnte.

36

Einige Zeit später bekam Nikolai eine Einladung aufs Polizeipräsidium, um die Täter zu identifizieren. Weil er zu Protokoll gegeben hatte, dass Leon sie ebenfalls gesehen hatte und Yara zumindest einen der beiden, waren auch sie dabei. Als sie jetzt durch die einschüchternden Flure des Präsidiums gingen, war Yara froh, dass ihr Vater sie begleitete.

Sie hatte ein langes Gespräch mit ihm gehabt. Natürlich hatte sie nicht vor ihm verheimlichen können, was passiert war. Ihr verstauchter Knöchel, die Krücken, ihre Sorge um Nikolai, diese völlig verrückte Nacht ... Sie war so aufgewühlt gewesen, dass sie gar nicht anders gekonnt hatte, als ihm alles zu erzählen.

»Ich mache mir Vorwürfe, dass ich dich abends so oft allein lasse«, hatte er gesagt. Er wirkte resigniert und Yara hatte geahnt, was er dachte, aber nicht aussprach: »Und dass deine Mutter so lange weg ist, dürfte eigentlich auch nicht sein.« Zum Schluss hatte sie das Gefühl, ihn trösten zu müssen. »Du sagst doch selbst immer, man wächst mit seinen Aufgaben. Ich komme klar«, hatte sie ihm versichert.

Wenig später saßen sie dann vor dem Polizeicomputer, Nikolai, Yara und Leon, alle drei mit sehr gemischten Gefühlen. Natürlich war es gut, dass die Kripo sich der Sache angenommen hatte. Aber es war auch unheimlich, sich einen polizeibekannten Rechtsradikalen nach dem anderen anzuschauen.

Nikolai verspürte einen geradezu körperlichen Widerwillen und musste sich zwingen hinzuschauen. All diese Typen, die ihn da vom Bildschirm anstarrten. All diese Gesichter. Er brauchte nur einmal zu zwinkern, dann verwandelten sich die regungslosen Mienen in hasserfüllte Fratzen. *Scheiß-Drecksjude. Wanze. Verrecke.* Die Worte ploppten in seinem Kopf auf, als hätten sie nur darauf gewartet.

Leon ging es nicht viel anders. Auf dem Hinweg, im Auto von Yaras Vater, hatte er noch seine üblichen lockeren Sprüche gemacht. Aber jetzt war er verstummt. Bei jedem Foto, das ihnen gezeigt wurde, schüttelte er mit zusammengepressten Lippen den Kopf.

Es war Yara, die den Tätowierten als Erste erkannte. Vielleicht war sie aufmerksamer, weil sie nicht ganz so nervös war wie die beiden Jungs. Er sah anders aus, als sie ihn von der Begegnung auf dem Parkplatz in Erinnerung hatte. Die Haare nicht so abrasiert, eher ein Bürstenschnitt mit einer Art Kamm oben auf dem Schädel, und vor allem kein Schlangentattoo. Aber er war es. »Das ist er. Der da! Das ist er.« Sie flüsterte, als befürchtete sie, er könnte sie hören.

»Bist du sicher?«, fragte die Kriminalbeamtin. Aber jetzt stimmten auch Nikolai und Leon zu. Das war er! Sie schauten noch die restlichen Fotos durch, doch der Rothaarige war nicht dabei. Immerhin einer. Da würde man seinen Freund sicher auch noch finden.

Als Nikolai wissen wollte, ob der Typ jetzt verhaftet werden würde, bremste die Polizistin. »Ein Schritt nach dem anderen. Wir ermitteln erst einmal.«

»Was muss man denn da noch ermitteln? Der war's! Erst hat er mich überfallen und jetzt auch noch Nikolai!«, regte sich Leon auf. »Zusammen mit seinem Scheißkumpel!«

»Wenn er die Taten bestreitet, steht Aussage gegen Aussage«, erklärte die Beamtin. »Womöglich gibt ihm sogar jemand aus seinem Umfeld ein Alibi.«

Leon ballte die Faust. Er hatte es gewusst, dass sie damit kommen würden. Zwei gegen ein' ist gemein ... Wie ein Echo hallten die Worte in seinem Kopf.

»Es gibt in beiden Fällen keine Zeugen, oder? Irgendjemand, der die Tat mitbekommen haben könnte?«

»Nee«, murmelte Nikolai, sprachlos vor Enttäuschung.

»Sie werden den doch nicht einfach laufen lassen?«, fragte Yara empört.

»Nun mal langsam. Wie ich schon sagte: Eins nach dem anderen. Ihr könnt euch darauf verlassen, dass wir unsere Arbeit machen. Und zwar gut.«

Noch ein paar belanglose Sätze, dann wurden sie entlassen. Stumm gingen sie hinter Yaras Vater und der Kommissarin, die sie zum Ausgang brachte, die Flure hinunter. Yara an Krücken humpelnd, Nikolai verkrampft und jede schmerzhafte Bewegung vermeidend. Als Letzter Leon mit hochgezogenen Schultern. So sehen Sieger aus, schoss es ihm durch den Kopf.

Erst als sie im Auto saßen, brach es aus ihnen heraus. Aussage gegen Aussage? Womöglich zwei gegen einen – da hatten sie ja nicht die geringste Chance! Wie ungerecht war das denn! Die mussten doch büßen, diese Nazis! Was blieb einem da noch übrig, als sich selbst zu rächen? Yaras Vater versuchte, sie zu beruhigen. Doch er war außen vor, sie hörten ihm kaum zu.

Es war Nikolai, der sich schließlich bemühte, die Sache runterzukochen. »Wir müssen wahrscheinlich einfach Geduld haben«, sagte er. »Die müssen alles durchchecken, das kennt man doch aus den Krimis. Wir haben die Idioten angezeigt, es wird gegen sie ermittelt, sie werden überführt, verhaftet, vor

Gericht gestellt und kommen in den Knast. Genauso wird es laufen. Ganz bestimmt ...« Bei den letzten Worten bröckelte seine Zuversicht spürbar.

Auf einmal war es still im Auto. Und wenn nicht? Wenn es nicht so lief? Die Frage war so präsent, dass man sie hören konnte, ohne dass sie jemand von ihnen aussprach. Wenn nicht? Dann hatten sie sich mit Nazis angelegt. Mit Schlägern, die danach vielleicht noch mehr Oberwasser hatten, weil ihnen nichts geschehen war.

Wenn nicht, dann hatten sie mit ihrer Anzeige in ein Wespennest gestochen.

37

Ihre Verunsicherung schweißte sie noch mehr zusammen. Auch wenn Yara erst einmal nicht klettern konnte, humpelte sie dennoch zum Training, um zuzuschauen. Und manchmal kam sogar auch Niko mit. Nach dem Kurs saßen sie oft noch zusammen bei Yara, redeten und hörten Musik, bis ihr Vater von seinen Abendkursen kam und Leon mit dem Auto nach Hause fuhr. Leon nahm das Angebot gern an. Wenn Yaras Vater keine Zeit hatte, ihn zu fahren, rief Leon ein Taxi. Alles, nur nicht im Dunkeln die S-Bahn nehmen.

Nikolai dagegen weigerte sich, so etwas wie Angst zuzulassen. Ein paar Tage war er wegen seiner Verletzungen zu Hause geblieben, dann fiel ihm dort die Decke auf den Kopf und er ging wieder zur Schule. Er hockte lieber im Unterricht, als sich das Jammern seiner Großmutter anzuhören. Je mehr Sorgen sie und seine Mutter sich machten, desto tougher tat er. »Geht doch schon wieder«, sagte er und lächelte über die Schmerzen hinweg. Und wenn sie ihn baten, vorsichtig zu sein, tat er erst recht selbstbewusst. »Die Polizei läuft hier doch jetzt Streife!« Dabei hatte er keinen einzigen Polizisten in der Gegend gesehen, seitdem sie auf der Wache gewesen waren. Keinen einzigen.

Tagsüber hatte er seine Angst im Griff. Aber in der Nacht war er der Schwächere. In seinen Träumen rannte und rannte und rannte er mit schweren Beinen, die er nicht dazu bringen konnte, schneller zu laufen. Nie sah er seine Verfolger, nie holten sie ihn ein. Aber das Gefühl, so hilflos zu sein, war schrecklich. Er erzählte niemandem von seinen Albträumen, auch Yara und Leon nicht. Und auch die bittere Enttäuschung darüber, dass er nicht Fußball spielen konnte, schluckte er hinunter. Warum dauerte es bloß so lange, bis er wieder gesund war? Woche für Woche hoffte er auf eine Art Wunderheilung, die natürlich nicht passierte.

Der Frühling ging schon in den Sommer über, als seine Rippen endlich verheilt waren. Der Lehrgang für die Makkabiade war längst gelaufen und Nikolai hatte seinen Traum irgendwo tief in seinem Inneren vergraben. Es dauerte eine Weile, bis Yara und Leon mitbekamen, dass er kein Wort mehr über Fußball sprach, weder über die Makkabiade noch über Altona 93 oder auch nur über die Bundesliga. »Hab aufgehört, interessiert mich nicht mehr«, sagte er knapp, als sie ihn danach fragten.

Von der Polizei hörten sie eine gefühlte Ewigkeit nichts. Nikolais Mutter rief immer wieder auf der Wache an, aber sie erfuhr nur, dass der Gesuchte offenbar nicht mehr unter der gemeldeten Adresse wohnte.

Niko, Yara und Leon diskutierten diese Information rauf und runter. Lebte der Typ nicht mehr in Hamburg? Und was war mit seinem Kumpel? Hatten die Schiss vor der Polizei bekommen oder planten sie einen neuen Angriff? Doch mit der Zeit nutzte sich ihre Furcht ab wie eine zu oft gehörte Warnung, ihre Gespräche über die Vorfälle im Frühjahr wurden seltener. Das miese Gefühl der Bedrohung meldete sich nur noch leise, wenn es draußen dunkel und einsam war, und auch Nikos Albträume ließen nach. Das Leben ging weiter, so wie das Leben immer weitergeht.

38

Die Sommerferien standen vor der Tür, doch keiner von ihnen freute sich so richtig darauf. Yaras Reise nach Südfrankreich zu ihrer Mutter war erst für die zweite Hälfte der sechs Wochen geplant – und dann würde ihr Vater noch nicht mal mitkommen, weil er Ferienkurse geben musste. Nikolai hatte eigentlich vorgehabt, Geld zu verdienen, aber bisher nicht die Energie aufgebracht, sich um einen Job zu kümmern. Und Leons Eltern wollten in ihre Berghütte in den Schweizer Alpen, wozu Leon nicht die geringste Lust hatte. Als er fragte, ob sie nicht Yara und Nikolai mitnehmen konnten, stimmten sie überraschenderweise zu. Sicher ahnten sie, dass sie sich als schweigsame Kleinfamilie gewaltig auf die Nerven gehen würden.

Yara war Feuer und Flamme. Urlaub mit Leon und Nikolai, und dann noch in den Alpen, wo sie noch nie gewesen war! Mitten in die Reise hinein fiel ihr vierzehnter Geburtstag – der Gedanke, ihn mit Leon und Niko auf einem Berggipfel zu feiern, war genial. Sie überrollte ihren Vater mit ihrer Begeisterung. Er war einverstanden, bestand aber darauf, Leons Eltern vorher kennenzulernen.

Auch Nikolais Mutter konnte nicht Nein sagen. »Wird Nikosch guttun, mal rauszukommen«, bekräftigte seine Großmutter. »Die Polizei lässt diese Chalunken ja noch immer frei cherumlaufen! Müssten doch längst chinter Gittern sitzen.«

Als dann das geplante Kennenlernen der drei Familien anstand, kam Leons Eltern allerdings etwas dazwischen, sodass man sich auf eine Zoom-Konferenz beschränkte.

Es war eine ziemlich gemischte digitale Kachelwand auf Yaras Laptop: Ihre Mutter, braun gebrannt und entspannt auf einer Terrasse, hinter der man südliche Zypressen ahnte. Ihr Vater im nüchternen Büro der Volkshochschule. Leons Vater und Mutter ebenfalls auf zwei verschiedenen Bildschirmen, beide geschäftsmäßig gekleidet. Leon mit tief in die Stirn gezogener Baseballkappe. Und Nikolai, eng umrahmt von seiner Mutter und Großmutter.

Nach ein paar Minuten höflichem Geplänkel wurden die Einzelheiten der Reise besprochen. Während Leons Eltern nach Mailand fliegen wollten, würden die drei Jugendlichen mit dem Zug bis Lugano fahren, wo sie abgeholt werden würden. Gemeinsam ging es dann mit dem Mietwagen in die Berge zum Chalet, wo für alles, einschließlich sämtlicher Mahlzeiten, gesorgt werden würde. Leons Eltern wehrten empört ab, dass Yara und Nikolai sich in irgendeiner Weise an den Kosten beteiligten.

Als die Erwachsenen sich verabschiedet hatten, blieben die drei noch eine Weile im Chat.

»Deine Eltern sind echt nett«, meinte Yara.

»Das sind Profis im Nettsein.« Leon stieß die Luft durch die Nase aus. »Sie haben ein Modegeschäft in der Innenstadt, stinkreiche Kunden. Denen schmieren sie den ganzen Tag Honig um die Ohren.«

»Honig um die Ohren?« Yara runzelte die Stirn.

»Sagt man das nicht so? Jedenfalls sind sie immer wahnsinnig höflich.«

»Und *du* sollst das Geschäft mal übernehmen?«

»Vielleicht wechseln wir mal das Thema«, muffelte Leon.

Und dann fing er an, von den Klettermöglichkeiten in den Bergen zu schwärmen. Freeclimbing! Das war was ganz anderes, als immer nur in der Halle zu üben.

»Toll, ihr riskiert euer Leben und ich spiele in der Zeit mit Leons Eltern Mau-Mau«, spottete Nikolai. »Die lassen mich bestimmt gewinnen, nett, wie sie sind.«

Jetzt lachten sie alle drei. Und die Stimmung wurde noch besser, als Leon ihnen ein paar Fotos von der sogenannten Hütte zeigte, in der man wahrscheinlich eine halbe Schulklasse unterbringen konnte. Sogar einen Pool gab es! Schon allein die Reise mit dem Zug würde genial werden. Endlich Freiheit!

39

Am letzten Schultag machte sich Yara auf den Weg zu Frau Winter. Ihr war mulmig zumute, als sie die Treppen hochging. Wie war Frau Winter wohl drauf? Manchmal brachte sie alles durcheinander und erkannte Yara nicht. Und manchmal war sie fast die Alte und war neugierig, was Yara zu erzählen hatte. »Es gibt gute und schlechte Tage«, hatte die Pflegerin gesagt.

Es war Frau Winter höchstpersönlich, die ihr öffnete. Überrascht umarmte Yara sie, etwas, das sie eigentlich nie tat. Wie zerbrechlich sich Frau Winter anfühlte. »Ich bin's, Yara«, sagte sie sicherheitshalber.

»Natürlich.« Als Frau Winter lächelte, sah sie plötzlich richtig jung aus. »Hab dich schon von oben gesehen. Komm rein, mein Kind. Ich sitze draußen.«

Wenig später hockte Yara auf dem schmalen Balkon auf einem Klappstuhl, während Frau Winter Tee einschenkte. Entspannt ließen sie sich die Sonne auf die Gesichter scheinen, das ausgeklappte Balkontischchen zwischen sich. Der Vorgarten, in dem Yara vor Monaten das Mäusegrab angelegt hatte, blühte jetzt in voller Sommerpracht. Yara erzählte von ihrem bevorstehenden Urlaub in den Alpen mit Leon und Nikolai und ihrer gemeinsamen Zugfahrt.

»Welcher der beiden ist denn nun dein Freund?«, fragte Frau

Winter. »Das ist doch der, der verprügelt worden ist. Den die Polizei weggeschickt hat, oder nicht?«

»Es sind beides meine Freunde, Leon und Nikolai«, antwortete Yara. Sie hatte Frau Winter nichts von dem zweiten Überfall erzählt, um sie nicht zu überfordern. Also berichtete sie jetzt nur, dass sie noch mal auf der Wache gewesen waren und die Polizei ihre Anzeige endlich ernst genommen hatte. »Wenn wir aus der Schweiz zurück sind, sind sie bestimmt schon weiter.« Sie bemühte sich, optimistisch zu klingen.

»Die Schweiz ...« Frau Winters Blick ging in die Ferne und sie kniff die Augen zusammen, als könnte sie dort irgendwo die Berge erkennen. »Ellas Familie wollte auch in die Schweiz. Aber dann war es zu spät. Sie wurden abgeholt, weißt du?« Sie schüttelte ungläubig den Kopf. »Und ich war enttäuscht, weil Ella mir keine Postkarte geschickt hat ...«

»Sie waren ja noch ein kleines Kind«, sagte Yara leise. Doch Frau Winter hatte sie offenbar nicht gehört, sie lehnte in ihrem Stuhl und schien mit ihren Gedanken eine weite Reise angetreten zu haben.

Yara überlegte, ob sie gehen sollte, trank dann aber den kalt gewordenen Tee aus und beobachtete die Straße, die ihr so vertraut war. Gerade kam Herr Henning aus dem dritten Stock von der Arbeit. Von oben sah man seine Halbglatze in der Sonne glänzen. Wie immer schlenkerte er mit der Aktentasche. Und wie immer trat er auf die drei goldenen Steine, als er zur Tür ging. Einmal hatte sie ihn gebeten, das nicht zu tun, sie war vielleicht acht Jahre alt gewesen. »Jaja«, hatte er gesagt, aber er hatte es doch wieder getan.

Blieb eigentlich irgendjemand von den Passanten stehen, um die Inschriften zu lesen? Ein paar Jugendliche gingen vorbei, die allesamt auf ihre Handys schauten. Eine grauhaarige

Dame mit Einkaufstasche und Dackel an der Leine. Ein Vater, der den Schulranzen seiner kleinen Tochter trug, die neben ihm herhüpfte. Ein Paketbote, der anhielt und einen Karton zum Hauseingang schleppte. Während er darauf wartete, dass ihm geöffnet wurde, betrachtete er die Steine neben seinen Füßen. Er beugte sich vor und las, was da stand. Immerhin einer.

Frau Winter hatte mal erzählt, dass es über 100 000 Stolpersteine gab, die allermeisten davon in Deutschland. Wenn vor jedem dieser Steine nur drei Leute am Tag stehen blieben, wie viele lasen dann die Namen der Naziopfer? Yara fing an zu rechnen, das schaffte sie im Kopf. 300 000. Und das mal 365? Sie nahm ihr Handy heraus und tippte die Zahlen in den Rechner. 109 Millionen Menschen im Jahr! Dann müsste sich ja so ungefähr ganz Deutschland an die Verbrechen von damals erinnern. Die Frage war nur, ob das auch irgendwas in den Köpfen auslöste ... Yara sah den Paketboten wieder aus dem Haus kommen. War es Absicht oder Zufall, dass er nicht auf die Steine trat? Am liebsten wäre sie hinuntergelaufen und hätte ihn gefragt.

Aber hatte sie nicht einen logischen Fehler gemacht? Manche Leute blieben vielleicht bei jedem Stein stehen, den sie sahen. Die durfte man dann ja eigentlich nicht mehrmals zählen, oder? Yara fuhr sich mit den Fingern durch die Haare, damit ihr der leichte Wind den Nacken kühlte. Was rechnete sie da eigentlich? So konnte man doch das Mitgefühl der Menschen nicht feststellen. Wer wusste denn, ob sie in der nächsten Sekunde mit ihren Gedanken nicht schon wieder ganz woanders waren?

Grübelnd schaute Yara auf die Straße hinunter. Der Lieferwagen hielt jetzt ein paar Häuser weiter und der Paketbote stieg wieder aus. Noch bevor er mit seinem Päckchenstapel im Eingang verschwand, war Yara aufgestanden.

Frau Winter öffnete die Augen und blinzelte in die Sonne.

»Yara ... Bin ich etwa eingeschlafen? Willst du noch Tee, mein Kind?«

»Nein, danke. Ich muss los.« Behutsam schob sie sich an der alten Dame vorbei und strich ihr über die Schulter. »Ich schreibe Ihnen eine Karte aus dem Urlaub. Versprochen!«

Sie nahm ihre Schultasche und verließ die Wohnung. Zwei Stufen auf einmal nehmend, sprang sie die Treppen hinunter, rannte hinaus und sah nach links. Der Lieferwagen stand noch da, der Paketbote ging auf die Fahrertür zu. Yara lief ihm entgegen. »Moment mal, warten Sie bitte!«

Abwartend blieb der Mann auf dem Bürgersteig stehen. »Ja?« Mit dem Handrücken wischte er sich den Schweiß aus dem Gesicht.

»Ich wollte ...« Sie brach ab, nahm noch mal Anlauf. »Also, ich wollte fragen, ob Sie noch wissen ... ob Sie sich noch erinnern, was auf den Steinen steht.« Sie deutete zu ihrem alten Hauseingang.

»Auf den Steinen?«

»Ja, vor dem Haus, wo Sie gewartet haben. Sie haben sich die goldenen Steine doch angesehen.«

Er wirkte irritiert. »Ja, wieso?«

Yara suchte nach den richtigen Worten. Er sollte nicht denken, dass sie ihn abfragen wollte wie in der Schule.

Aber da nickte er. »Ich sehe die jedes Mal, wenn ich dort ein Paket abliefere. Eine ganze Familie. Ella hieß das Mädchen, Ella Cohen. Sie ist nur elf Jahre alt geworden ...«

Überrascht schaute Yara ihn an.

»Ich habe auch eine Tochter.« Sein Blick war dunkel und traurig. »In dieser Gegend gibt es viele solcher Steine. Fast in jeder Straße.« Er zögerte eine Sekunde, dann öffnete er die Tür seines Lieferwagens. »Also ... Mach's gut.«

»Danke!«, sagte Yara. Sie sah dem Wagen nach, bis er an der Ecke abbog. Wie gut, dass sie hinter ihm hergelaufen war. Wie gut, dass sie sich getraut hatte ihn zu fragen. Wie gut, dass die Steine die Erinnerung wachhielten.

40

Es konnte losgehen. Auch Nikolai hatte seine Fahrkarte gekauft, stolz darauf, das Zugticket selbst bezahlen zu können – von seinem eigenen Konto, auf dem das Geld lag, das er sich in den letzten Ferien verdient hatte. Jetzt hatten sie alle drei ihre Sitzplätze sicher.

Doch zwei Tage vor der Abreise, als sie sich bei Yara im Zimmer auf dem Teppich lümmelten und wieder mal Pläne schmiedeten, platzte die Bombe. Leon hörte sie schon seit einigen Tagen ticken, aber er hatte das ungute Gefühl für sich behalten und so gut wie möglich verdrängt. Noch während sein Handy klingelte und er den Namen seiner Mutter las, ahnte er, was kommen würde. Es war ja nicht das erste Mal.

Vor Yaras und Leons Augen verwandelte sich Leon vom Sunnyboy zum kleinen unglücklichen Jungen. Er saß steif da, das Handy ans Ohr gepresst, das Gesicht verschlossen. Ganz ohne Gefühl in der Stimme.

»Ja. Klar, Mama. Ich verstehe.«

…

»Ist eben so. Lässt sich wohl nicht ändern.«

…

»Kriegen wir schon hin.«

…

»Ich erklär es ihnen.«

…

»Bestimmt.«

…

»Ist nicht nötig, Mama.«

…

»Klar, richte ich aus. Tschüss, Mama.«

Abwartend sahen ihn die beiden an, dabei brauchten sie eigentlich keine große Erklärung mehr. All ihre schönen Pläne konnten sie in die Tonne treten. Die Zugfahrt … die Villa mit dem Swimmingpool … das gemeinsame Übernachten in dem Zimmer mit der Aussicht auf die Berge, das Leon ihnen beschrieben hatte … die Fahrt mit der Seilbahn … die Filme und Serien, die sie schauen wollten. Leons Eltern hatten es sich anders überlegt, warum auch immer.

Als Leon berichtete, was seine Mutter gesagt hatte, wurde er mit jedem Satz wütender. Immer gab es was Wichtigeres, immer! Geschäftsfreunde! Irgendwelche hochwichtigen Leute! Wahrscheinlich verbrecherische Diamantenhändler! Oder Ölscheichs, die mal eben für ’ne halbe Million den ganzen Modeladen leer kaufen wollten. Wieso mussten die die Gästezimmer kriegen! Wieso waren die wichtiger als er? Das war so unfair von seinen Eltern!

Er senkte den Kopf und knibbelte mit den Zeigefingern an den Nägeln seiner Daumen herum. Als er wieder hochschaute, sah er trotzig aus, entschlossen und gleichzeitig unsicher. »Das hier dürft ihr niemandem erzählen«, flüsterte er. »Ich hab ihnen versprechen müssen, dass es niemand erfährt.« Seine Stimme, die eben noch gebockt und sich überschlagen hatte, war plötzlich ganz klein. »Also nicht weitersagen, okay?«

Yara und Nikolai nickten stumm. Sie unterbrachen ihn kein einziges Mal, während er die Geschichte erzählte, die eigentlich ein Geheimnis bleiben sollte. Die Geschichte des Modegeschäfts, das er eines Tages übernehmen sollte, so wie es sein Vater von seinem eigenen Vater übernommen hatte und der wiederum von seinem Vater. »Unser Familienunternehmen, haben sie immer gesagt. Und ich habe es ihnen geglaubt, bis ich ein altes Foto gefunden hab.« Er erzählte, wie er in einem Schuhkarton alte Schwarz-Weiß-Fotos entdeckt hatte. Und auf einem war das Geschäft in der Innenstadt zu sehen. Die Schaufenster kleiner und altmodischer, aber ansonsten ganz klar derselbe Laden – nur dass an der Fassade ein anderer Name gestanden hatte: Stern Moden.

»Das ist aber ein schönerer Name als Meyer«, hatte Leon zu seinen Eltern gesagt, als er ihnen das Foto gezeigt hatte. »Hat mein Uropa das Geschäft so genannt? Warum heißt es denn jetzt nicht mehr so?«

Sein Vater hatte ihm das Bild aus der Hand genommen. »Das ist lange her«, war seine Antwort gewesen, die eigentlich keine war. Als Leon nachhakte, hatte er das Thema gewechselt. Und vielleicht hätte Leon das Ganze wieder vergessen, wenn er nicht ein paar Tage später noch einmal diesem Namen begegnet wäre, auf einem der Steine vor einem Haus am Neuen Wall, gar nicht weit vom Laden.

Yara beugte sich vor. »Auf einem Stolperstein?«

Leon nickte. »Ja, da stand der Name Stern. Es waren zwei Steine, für den Mann und die Frau.« Er erzählte, wie er von seinen Eltern schließlich erfahren hatte, dass das Geschäft früher einer jüdischen Familie gehört hatte, von der Leons Urgroßvater es während des Kriegs übernommen hatte. »Ich hätte mir ja gar nichts dabei gedacht, wenn sie es mir einfach so gesagt hätten«, meinte er. »Hab ja nicht so den Durchblick, was Geschichte angeht. Aber sie waren so komisch, als wäre ihnen das

Ganze total unangenehm. Und dann wollten sie, dass ich es niemandem erzähle. Da habe ich es begriffen.«

»Dein Uropa hat es ausgenutzt, dass die jüdische Familie in Not war«, sagte Yara. »Es hatte gar nichts mit dem Krieg zu tun, sondern damit, dass man Juden alles weggenommen hat. Man hat sie ja schon vor dem Krieg enteignet und vertrieben.«

»Oder gleich umgebracht«, murmelte Nikolai.

»Ich wollte den Laden sowieso nie übernehmen und jetzt erst recht nicht. Ich mach mein eigenes Ding, wenn ich mit der Schule fertig bin. Die werden schon sehen!« Jetzt war Leons Wut wieder spürbar.

In Yara wirbelten die Gedanken. Gestern erst hatte sie mitbekommen, dass die Stolpersteine gesehen wurden. Und jetzt hörte sie, dass ihr bester Freund durch einen Stein über etwas aus der Vergangenheit gestolpert war, das er nicht hatte wissen sollen. Das war doch großartig, oder? Wenn man etwas begriffen hatte, konnte man auch handeln.

»Leon, du …«, setzte sie an.

Doch Nikolai kam ihr zuvor. »Wenn du das Geschäft übernimmst, kannst du es doch zurückgeben. Vielleicht leben ja noch Leute aus der Familie Stern. Oder sonst gibst du es der jüdischen Gemeinde.«

»Klar mach ich das. Aber das kann ich auch tun, wenn ich Schauspieler bin. Ich erbe den Laden ja.«

»Du willst Schauspieler werden?« Yara musste lächeln.

»Keine Ahnung. Könnte ich mir jedenfalls vorstellen. Nach den Ferien gehe ich in die Theater-AG. Wenn ich dann mit dem bescheuerten Stimmbruch durch bin.«

Nach den Ferien … Leon hatte das Stichwort gegeben. Was sollten sie denn nun in den Ferien machen, wo all ihre Pläne ins Wasser gefallen waren?

»Wir fahren einfach trotzdem«, sagte Leon. »Wir haben schließlich schon die Zugtickets.«

Nikolai hob den Daumen. »Genau! Dann mieten wir uns eben eine Ferienwohnung. Muss ja nichts Teures mit Swimmingpool sein.«

»Aber nicht in der Nähe von unserer Villa!«

»Kein Problem. Wir nehmen ein anderes Tal. Dann hast du die Berge zwischen dir und deinen Eltern.« Nikolai grinste.

»Das machen wir! Geld hab ich genug. Was meinst du, Delamare?« Leon stupste sie an. »Träumst du?«

Yara hatte sich ausgeklinkt. Durch Leons Geschichte war etwas in ihr in Bewegung geraten, das sie nicht so recht deuten konnte. Es brodelte noch in ihr und sie konnte nicht einfach das Thema wechseln und wieder Urlaubspläne schmieden.

»Leute«, sagte sie. »Ich finde ...« Erst jetzt, während sie zu sprechen begann, wurde ihr klar, worum es ihr ging. »Ich finde, wir sollten den Mann suchen, dem die Kippa gehört.« Sie schaute Leon an. »Du hast doch gesagt, dass das in Frankfurt war, oder? Und wir würden ja eh über Frankfurt fahren. Wir suchen den Mann und du gibst ihm seine Kippa zurück.«

Sie schaute von Leon zu Nikolai und wieder zurück zu Leon. Die beiden antworteten nicht sofort. Yara registrierte, wie still es im Zimmer war, wenn weder ihr Vater noch die Leute aus der Nachbarwohnung zu Hause waren. Auf einmal vermisste sie ihre Mäuse und die Geräusche, die sie gemacht hatten. Dann schnippte Leon mit dem Finger gegen seine Limoflasche, sodass es *Pling* machte.

»So machen wir es«, sagte er. »Du bist einfach die Schlauste von uns, Delamare.«

»Bingo.« Nikolai nickte. Und damit war die Sache besiegelt.

FRANKFURT

1

War es schon Lüge, wenn man nicht alles erzählte? Weder Yara noch Nikolai oder Leon hatten zu Hause ihre geänderten Reisepläne erwähnt. Sie hätten mit Sicherheit heftigen Gegenwind bekommen, und das wollten sie alle drei nicht riskieren.

Als Yara neben ihrem Vater und Nikolai am Altonaer Bahnhof auf den ICE nach Zürich wartete, hatte sie so ein schlechtes Gewissen, dass von Vorfreude keine Rede sein konnte. Natürlich hätte sie ihren Eltern die Wahrheit sagen sollen ... Aber waren die denn ehrlich zu ihr? Stimmte es wirklich, dass ihr Vater unbedingt diesen Ferienkurs geben musste und deshalb nicht mit nach Frankreich fuhr? Oder gingen sich Papa und Maman nicht doch aus dem Weg, ohne es zuzugeben?

Nervös kaute sie auf einer ihrer Haarsträhnen herum. »Wo bleibt denn Leon, der Chaot? Wieso kann der nie pünktlich sein? Unser Zug fährt in zwei Minuten!«, schimpfte sie.

»Ihr nehmt den auf jeden Fall«, sagte Yaras Vater. »Sonst verfällt euer Ticket.«

»Da ist er doch.« Nikolai zeigte zum Anfang des Bahnsteigs, wo Leon auftauchte, mit rotem Kopf und einer Reisetasche über der Schulter. »Sorry, hab verschlafen!«, rief er.

Yara umarmte hastig ihren Vater, hörte sich noch eine Ermahnung an, bloß auf sich aufzupassen, und dann stiegen sie ein. Kaum hatten sie ihr Abteil gefunden, fuhr der Zug auch schon los.

»Mann, Alter, das war knapp«, sagte Nikolai.

»Mit Absicht, du Dussel.« Leon schleuderte seine Tasche auf die Gepäckablage.

»Du bist mit Absicht so spät gekommen?«

»Na ja, ich hatte Angst, dass mich noch irgendwer nach meinen Eltern fragt. Handynummern oder so was.«

»Schlau, schlau.« Nikolai nickte anerkennend. »Und deine Eltern glauben echt, dass du mit einem Freund zum Zelten an die Ostsee fährst?«

»Klar. Irgendetwas musste ich ihnen ja erzählen. Auch wenn es ihnen im Prinzip wurscht ist.« Er klopfte auf die Brusttasche seiner Jeansjacke. »Sie haben mir ordentlich Geld gegeben. Haben sich freigekauft.«

»Ach, Leon.« Yara spürte wieder die Traurigkeit hinter seiner aufgesetzten Coolness. »Glaubst du wirklich, dass du ihnen egal bist?«

Leon schaute aus dem Fenster über die im Morgenlicht schimmernde Binnenalster, an der der ICE vorbeizuckelte. Auf der anderen Seite des Wassers lag in einer der Seitenstraßen der Laden. Mode Meyer. »Nee, sie brauchen ja einen Erben für das Geschäft.«

»Das ist bestimmt nicht das Einzige. Sie lieben dich doch sicher.«

»Keine Ahnung. Schon möglich ... irgendwie. Sind ja meine Eltern.« Leon zuckte mit den Schultern. »Aber wir reden nie wirklich miteinander. Ich meine, außer über die Schule und so.«

»Das ist bei uns auch nicht viel anders«, sagte Nikolai. »Aber dafür betüddelt mich meine Mutter ohne Ende. Sie hätte mich glatt zum Bahnhof gebracht, wenn sie nicht zur Arbeit gehen müsste.«

»Mein Papa hat mich doch auch gebracht«, warf Yara ein.

»Du bist ja auch noch ein Küken. Mit dreizehn durfte ich mir nicht mal alleine die Nase putzen.«

»Haha.« Yara rollte mit den Augen. »In anderthalb Wochen bin ich übrigens vierzehn.«

»Bin mal gespannt, wo wir dann sind.«

»Na, in den Alpen, oder nicht? Das gibt 'ne Feier!«, sagte Leon, während er die Brotdose, die auf der Theke gestanden hatte, aufklappte. Zwei dicke Sandwiches mit Käse, Salatblättern, getrockneten Tomaten und Mayonnaise. Seine Mutter hatte ihm sein Lieblingsbrot gemacht, ganz früh morgens, bevor sie zum Flughafen aufgebrochen waren! Er beschnupperte sein Fundstück wie ein Spürhund.

»Oder wir sind noch in Frankfurt«, meinte Yara. »Kann ja dauern, den Mann zu finden. Ist immerhin eine Großstadt.«

Nikolai stimmte ihr zu. »Ja, wäre ein Riesenzufall, wenn der uns gleich über den Weg läuft. Leon weiß ja nicht mal mehr, wo genau das war.«

»Ach, wir finden den schon, Leute.« Leon betrachtete das Brot liebevoll. »Hab gerade beschlossen, ein Glückskind zu sein.«

Als er in sein Sandwich biss und genüsslich zu kauen begann, durchlief Yara ebenfalls eine Glückswelle. Als gäbe es eine direkte Verbindung von seinem Herzen zu ihrem, einen unsichtbaren Draht. So eine Art Bluetooth für Menschen. »Das ist mal eine richtig gute Idee, Leon«, sagte sie.

Zunächst einmal lief es allerdings nicht gerade perfekt. In Harburg setzte sich ein grauhaariges Ehepaar zu ihnen, der Mann verströmte Griesgrämigkeit, die Frau musterte sie argwöhnisch.

Leon nahm die Füße vom Sitz und schenkte den Neuankömmlingen sein freundlichstes Grinsen. »Keine Angst, wir sind ganz harmlos«, sagte er, was die Frau nur noch misstrauischer zu machen schien. Aber immerhin hörte sie auf, sie so anzustarren.

Vorsorglich hatte Yara ihre alten UNO-Karten eingesteckt und so spielten sie gegen die muffelige Atmosphäre im Abteil an. Leon gewann eine Partie nach der anderen, offenbar hatte sein Vorsatz Erfolg. Im Überschwang wandte er sich an die Frau, die offenbar nichts anderes zu tun hatte, als an den Ärmeln ihrer beigen Windjacke herumzuzupfen, während ihr Mann hinter einer Zeitung verschwunden war. »Wie sieht's aus, wollen Sie vielleicht mitspielen?«, fragte er völlig ohne Ironie. Nikolai runzelte die Stirn und Yara konnte sich gerade noch ein Kichern verkneifen. Was war denn in Leon gefahren?

Doch zu ihrem Erstaunen willigte die alte Dame ein. Sie pellte sich aus ihrer Jacke, kramte in ihrer Handtasche nach der Lesebrille und zauberte auch noch eine Tüte Schokobonbons hervor. Als sie nach eineinhalb Stunden in Hannover ankamen, verabschiedete sich die Frau von ihnen, als wären sie ihre Lieblingsenkel. Der Mann dagegen tauchte mit immer noch zerknitterter Miene hinter der Zeitung auf und verließ grußlos das Abteil.

»Also, ich heirate niemals«, sagte Yara, nachdem sich die Tür hinter ihnen geschlossen hatte.

Leon legte wieder die Füße neben Yara auf den Sitz und verschränkte die Arme vor der Brust. »Weil du dich nicht zwischen uns beiden entscheiden kannst, du Ärmste. Macht aber nichts. In ein paar Jahren ist auch die Ehe zu dritt erlaubt, da wette ich drauf. Wenn ihr mich fragt, ich bin dafür, dass wir dann alle Delamare heißen.«

»Träum weiter.« Yara warf ihm ihren letzten Schokobonbon an den Kopf.

»Ich bleibe bei Landau. Das ist schließlich das Einzige, was ich noch von meinem Vater hab«, sagte Nikolai mit einem Ernst, als hätte Leon einen praktikablen Vorschlag gemacht.

»Oder doch vielleicht Meyerrrrr?« Leon rollte das R, beugte sich vor und hob drohend die Klauen. »Meyerrrrrrr!«

»Haha, jetzt ist er völlig verrückt geworden, unser Leon.«

Yara sah zu Nikolai. Was für eine Wärme in Nikos Augen lag, wenn er lachte. Er schien gar nicht zu wissen, wie unwiderstehlich er dann war. Sonst würde er nicht so sparsam mit diesem Lachen umgehen. Oder war er nur mit ihr zusammen so zurückhaltend? Wer weiß, vielleicht verzauberte er reihenweise die Mädchen an seiner Schule. Oder auch die Jungs. Anders als bei Leon hatte sie das Gefühl, ihn gar nicht wirklich zu kennen, weil er immer wieder die Verbindung kappte, einfach das Bluetooth ausschaltete. Als er ihren Blick erwiderte, rettete sie sich in Albernheit. Sie wandte sich Leon zu und zeigte ihm ebenfalls die Krallen. »Grrrrrr!« Und dann kitzelten sie sich, bis Leon so laut um Hilfe kreischte, dass der Schaffner kam.

»Alles klar?« Er schaute im Abteil herum. »Sammelt mal das Bonbonpapier auf!«

»Aye, aye, Käpt'n«, rief Leon und schlug sich die Handkante an die Stirn.

Der Schaffner verzog keine Miene. Er kontrollierte ihre Fahrkarten und wünschte ihnen eine gute Fahrt.

Erschöpft vom Lachen ließ sich Yara in ihren Sitz sinken. Vor dem Fenster schob sich eine sattgrüne Sommerlandschaft vorbei. Wattewölkchen am himmelblauen Himmel. Ein See, in dessen Mitte ein einziges Segelboot stillzustehen schien. Wiesen mit so leuchtend roten Mohnblumen, wie es sie eigentlich gar nicht geben konnte. Weiden, auf denen Kühe mit ihren Kälbchen grasten. Weiße Häuser, als wären sie von Lego, mit Ziegeldächern und bunt blühenden Gärten drum herum. Wie ein Bilderbuch für die Kleinsten.

»Mannomann«, sagte Leon. »Die Welt ist ganz schön schön. Vergisst man manchmal.«

Nikolai schaute an Yara vorbei auch aus dem Fenster. Aber er wirkte, als ginge ihn diese Welt nichts an, weder die da draußen noch die um ihn herum.

Leon stupste ihn mit dem Fuß an. »Hey, Nikolajewitsch, noch da?«

Nikolai nickte geistesabwesend. Er hatte bei dem Herumgealbere der beiden nicht mitgemacht. Ein bisschen war er immer wieder außen vor. Es war merkwürdig – er fühlte sich den beiden irgendwie überlegen, weil sie jünger waren als er. Leon mit seiner Quiekstimme war ja sogar noch damit beschäftigt, das mit dem Stimmbruch hinzukriegen. Aber trotzdem beneidete er ihn um seine Unbekümmertheit. Wahrscheinlich würde Leon auch mit sechzig noch der gleiche Clown sein, den alle liebten, auch wenn sie ihn nicht so richtig ernst nahmen. Und Yara … Yara war Yara, einfühlsam und klug und liebenswert und noch so viel mehr. Yara würde mal eine weise alte Frau mit grauen Löckchen werden, eine, bei der die Menschen Rat und Trost suchten und ihn auch fanden.

2

»**Wir erreichen demnächst** Frankfurt/Main Hauptbahnhof«, schepperte der Lautsprecher. Hektisch begannen die drei, ihren überall verstreuten Kram zusammenzusuchen. Die Studentin, die in Göttingen zugestiegen war und seitdem ein halbes Buch mit bunten Markierungen versehen hatte, nahm ihre Kopfhörer raus. »Ihr braucht euch nicht so zu beeilen, das dauert noch«, sagte sie. Und leider hatte sie mehr als recht. Denn im selben Moment wurde der Zug langsamer, stoppte, fuhr wieder an, wurde nochmals langsamer und kam schließlich zum Stillstand. Zehn Minuten lang passierte nichts, bis die Information, dass vor ihnen ein defekter Zug das Gleis blockierte, aus dem anscheinend ebenfalls defekten Lautsprecher bröckelte.

Leon war erleichtert über den Aufschub. Eigentlich hatten sie ja überhaupt keinen Plan. Er hatte ziemlich großspurig behauptet, dass sie den Mann schon finden würden. Aber der Frage, wo genau sie mit der Suche beginnen sollten, war er bisher aus dem Weg gegangen. Hatte einen Bogen drum herum gemacht, um seinen Erinnerungen auszuweichen.

Sie waren auf dem Rückweg von der Boulderhalle gewesen, Jonas, Ali und er. Die Trainerin hatte ihnen erlaubt, in kleinen Gruppen die Stadt zu erkunden, bevor sie zum Abendessen in der Jugendherberge erscheinen mussten. Sie hatte ihnen ein paar interessante Orte in Frankfurt genannt, die Altstadt, den

Main, die Aussichtsplattform des Main Towers in 200 Metern Höhe. Aber auf Touri-Sachen hatten sie keinen Bock gehabt. Sie wollten Leons Sieg feiern, logisch. Der Beste in seiner Altersklasse! Und so fuhren sie mit der U-Bahn zum Hauptbahnhof, um eine Kneipe aufzutun, in der man ihnen Bier verkaufte.

Wo genau das Lokal war, in dem sie gelandet waren, erinnerte er nicht mehr. Aber er wusste noch, dass sie schließlich angeschickert durchs Bahnhofsviertel gelaufen waren und sich immer wieder den Hals nach den unglaublichen Wolkenkratzern verrenkt hatten. Und auch, wie der Typ aussah, in den er dabei gestolpert war. Eher klein, ein bisschen moppelig, Brille, fusseliger Bart, ziemlich rote Segelohren, altmodischer Wintermantel, komische runde Kappe auf dem Hinterkopf. Irgendwie uncool, obwohl er bestimmt noch keine dreißig war. Als er mit Leon zusammenstieß, fiel ihm seine Aktentasche auf den Boden. »Guck doch nach vorne, Trottel«, schimpfte er, während er sich nach der Tasche bückte. Leon erwartete, dass ihm sein Käppchen vom Kopf rutschen würde. Und dann, ohne Vorsatz, ohne irgendeinen Gedanken, zog er ihm die Kappe vom Schädel. Schlagartig richtete sich der Mann auf. »Hey!«, schrie er und griff danach. Doch Leon war schneller, warf sie Jonas zu, der sie zu Ali flippte. Der Mann fing an, nach der Polizei zu brüllen, und sie rannten los, prustend vor Lachen. Der tat ja, als hätten sie ihm nicht die Mütze, sondern die Tasche geklaut …

Als Leon an diese Szene dachte, schoss ihm das Blut in den Kopf. Er war so blöd gewesen! Kindisch und total naiv und rücksichtslos. Was für eine Schande! Am liebsten würde er einfach weiterfahren, in die Schweiz oder sonst wohin, anstatt sich auf die Suche nach dem Mann zu machen. Und gleichzeitig wünschte er sich wirklich, ihn zu finden, um sich entschuldigen zu können.

Na gut, als Erstes sollten sie wohl die Bahnhofsgegend abgrasen. Vielleicht wohnte der Typ dort oder er arbeitete in einem der Bürohäuser und war auf dem Weg zum Bahnhof gewesen. Leon schaute sich auf Google Maps die Gegend an. Es gab drei Eingänge zum Hauptbahnhof. Am besten teilten sie sich auf, sodass sie alle Eingänge und die Straße davor beobachten konnten. So viele rundliche Männer mit Segelohren, Brille und Kippa würde es dort sicher nicht geben.

Wie eine zweite Welle schwappte das Schuldgefühl wieder in Leon hoch. Ihm brach der Schweiß aus. Wieso war es eigentlich so heiß im Abteil? Die Klimaanlage funktionierte anscheinend auch nicht. Und wann fuhr dieser Schnarchzug endlich weiter?

3

Mit zwei Stunden Verspätung kamen sie schließlich in Frankfurt an. Inzwischen war Leon an dem Punkt, dass er die Angelegenheit so schnell wie möglich hinter sich bringen wollte. Klar, er hatte genauso Hunger wie Niko und Yara, aber sie konnten sich ja auch hier im Bahnhof was beim Asia-Imbiss holen. Mit Nudelboxen in den Händen trennten sie sich, um ihre Wachposten einzunehmen, Leon am Haupteingang, Yara und Nikolai an den beiden Nebeneingängen.

Schon vom Zug aus hatten sie die Hochhäuser in den Himmel ragen sehen. Riesenskulpturen, runde, eckige, gezackte, mit glänzenden Fassaden, richtige Wolkenkratzer. Nicht so viele und nicht ganz so hohe wie in New York oder Dubai oder Hongkong. Aber trotzdem: Dagegen war Hamburg die reinste Provinz.

Als Yara ihren komplett schattenlosen Posten am Südausgang bezogen hatte, lief ihr schon nach einer Minute der Schweiß in feinen Rinnsalen links und rechts der Wirbelsäule hinunter. Mit dem Rücken an die Wand gelehnt, den Rucksack neben sich auf dem dreckigen Boden, hielt sie sich an ihrer Nudelbox fest. Sie aß so langsam wie möglich, um etwas zu tun zu haben.

Hier so allein am Bahnhof rumzustehen und die Leute zu mustern, fühlte sich mies an. Jeder Blick, den sie über die ankommenden Menschen schweifen ließ, kam doppelt und dreifach zurück. Und natürlich waren es Männer, die sie anschauten, manchmal von oben bis unten und wieder nach oben. Blicke, die sie wie zufällig streiften, obwohl sie nicht zufällig waren, um dann weiterzugleiten. Blicke, die an ihr haften blieben, sodass sie sich noch schmutzig fühlte, wenn die Männer längst verschwunden waren. Blicke, die sie durchbohrten und Risse in ihrem Selbstvertrauen hinterließen. Ihr war überdeutlich bewusst, dass ihr durchgeschwitztes T-Shirt an ihr klebte und ihre Beine in der Jeans-Shorts nackt waren. Mit Sicherheit würde sie über kurz oder lang jemand anquatschen. Sie stopfte ihre leere Pappbox in einen Mülleimer und verschränkte die Arme vor der Brust.

Schließlich griff sie zum Handy. Irgendetwas musste sie tun, um beschäftigt zu wirken. In diesem Moment klingelte es. Leon! Als hätte er gespürt, dass sie ihn anrufen wollte.

»Na, Delamare, alles klar bei dir?« Sein Gekrächze war die reinste Engelsmusik.

»Klar. Alles okay«, antwortete sie. Allein schon dass Leon an sie gedacht hatte, half gegen das eklige Gefühl. »Wobei, Spaß macht es nicht gerade, hier so rumzustehen.«

»Ist komisch, oder? Manche Typen sind ganz schön schräg drauf. Eben wollte mir einer zwanzig Euro geben, wenn ich mit ihm zusammen aufs Bahnhofsklo gehe.«

»Aufs Klo? Wieso das denn?«

»Halloo, Kiddo? Um ihm einen runterzuholen, was denn sonst?«

»Oh.«

»Keine Angst, hab abgelehnt.«

»Mann, Leon!« Yara lachte. Und dann erzählte sie ihm, wie sie sich in der letzten Stunde gefühlt hatte. Es tat gut, es auszusprechen und gemeinsam über die Typen abzulästern.

Als Leon vorschlug, lieber zusammen Wache zu stehen, lehnte sie ab. »Ich lass mich doch nicht einschüchtern«, sagte sie mit neu gewonnenem Selbstbewusstsein. »Ich ignoriere die Deppen einfach.« Sie holte tief Luft. »Ist doch so wie mit den Nazis. Man darf denen keine Macht geben darüber, was man tut und was man nicht tut. Sich nicht verstecken wegen denen.«

»Aber die Männer, die dich anglotzen, sind doch nicht alles Nazis.«

»Das habe ich ja auch nicht gesagt, oder? Aber wenn ich mich nicht mehr traue, hier alleine zu stehen, dann ist das so wie bei dir, als du nicht mehr mit der S-Bahn fahren wolltest. Aus Angst.«

»Ja, versteh schon. Hast ja recht.« Einen Moment war Pause. Dann kiekste Leon wieder los. »Da geht einer mit ’ner Kippa! Aber der sieht ganz anders aus, der ist zwei Köpfe größer. Das ist er nicht.«

Schade. Aber wäre ja auch ein Riesenzufall gewesen. Yara konzentrierte sich wieder auf die Straße vorm Bahnhof, um sich nichts entgehen zu lassen. Sie versuchte, alles Negative auszublenden, und hing ihren Gedanken nach. War es nicht merkwürdig, dass sie in Hamburg noch nie jemanden mit einer Kippa auf dem Kopf gesehen hatte? Vielleicht gab es in Hamburg weniger jüdische Menschen als in Frankfurt? Oder mochten die Hamburger Juden ihre Kippa nicht auf der Straße tragen, weil sie angestarrt wurden oder bedroht und überfallen, so wie Leon und Nikolai? Vielleicht gab es in Hamburg ja auch mehr Nazis als in Frankfurt. Eigentlich hatte sie keine Ahnung von gar nichts. Aber eins war ihr nur zu deutlich klar geworden. Angestarrt zu werden war übel. Ein Angriff ohne Berührung.

Ihr Handy klingelte, und diesmal war es Nikolai. »Feierabend«, sagte er mit einer Stimme, die gefühlt eine Oktave tiefer war als Leons. »Komm zum Haupteingang. Wir pfeifen das hier ab.«

Erleichtert schulterte Yara ihren Rucksack und stiefelte los, quer durch die große, chaotische Halle auf den Ausgang zu. Am Rand des Bahnhofsplatzes entdeckte sie Niko und Leon, die nebeneinander an einer Plakatwand lehnten und auf ihre Handys starrten. Sie freute sich so, die beiden zu sehen, als wären sie tagelang getrennt gewesen.

4

Sie gingen zum Mainufer hinunter, wo sie sich auf einer Bank niederließen. Vom Fluss her wehte ein sanfter Wind, der vielleicht zum Haareföhnen gut gewesen wäre, aber zu mehr auch nicht. »Puh, ist das hier schon Afrika oder was?«, stöhnte Leon. »Meint ihr, man kann in dem Fluss baden?« Er zog sein verschwitztes T-Shirt aus und propellerte sich damit Luft zu. Yara duckte sich, um nicht eine gewischt zu kriegen.

»Siehst du hier irgendjemanden baden?«, fragte Nikolai zurück. »Das Wasser ist bestimmt total dreckig.« Er warf Leon einen genervten Blick zu. Diese ganze Frankfurtidee erschien ihm plötzlich ziemlich absurd. »Gibt's eigentlich einen Plan, wo wir übernachten?«

»Na ja, Jugendherberge, denke ich. Da waren wir auch mit der Klettergruppe.« Leon zog sein Shirt wieder an und schüttete sich einen letzten Rest warme Cola aus der Dose in den Mund. Als er ausholte, um sie in den Fluss zu werfen, griff ihm Yara in den Arm. »Mensch! Dahinten ist ein Mülleimer. Wenn du schon so eine scheiß Aludose kaufst, schmeiß sie jedenfalls nicht irgendwohin!«

»Sorry.« Leon stand auf, federte in seinen teuren Nikes Richtung Mülleimer und versenkte die Dose aus drei Metern Entfernung.

»Du könntest eigentlich mal anfangen, nachzudenken, bevor

du was machst. Dann brauchst du dich nicht dauernd zu entschuldigen«, sagte Nikolai, als Leon wieder neben ihm saß.

Leon zog die Augenbrauen zusammen. »Was ist denn hier auf einmal für 'n mieses Karma?« Er holte aus der Seitentasche seines Rucksacks eine Tüte Gummibärchen hervor. »Vegan, ohne Gelatine, ich schwöre!«

Yara musste lachen. Egal wie blöd Leon manchmal sein konnte, er war einfach witzig. Sie steckte sich ein Gummibärchen in den Mund und auch Niko ließ sich bestechen. Träge saßen sie in der Sonne, vor ihnen glitzerte der Main, auf dem sich ein Lastkahn ebenfalls ziemlich träge durchs Wasser schob. Als Leon schließlich zum anderen Ufer zeigte und ihnen versprach, dass es höchstens zwanzig Minuten Fußweg zur Jugendherberge wären, war die Stimmung wieder locker. Hey, sie hatten Ferien, es war Bombenwetter und das hier war immerhin auch Urlaub, und zwar ohne Eltern.

Die Jugendherberge war schon in Sicht und sie gingen über die Brücke auf die andere Mainseite, als Nikolai stehen blieb. »Leute«, sagte er. »Da hätte ich auch eher drauf kommen können. Morgen ist Freitag.«

»Hey, Niko! Echt? Freitag? Das ist ja der Wahnsinn!« Leon klopfte ihm anerkennend auf die Schulter. »Wie hast du das herausgefunden, Digga?«

Nikolai redete einfach weiter. »Am Freitagabend haben wir die größte Chance, den Mann zu treffen, nämlich wenn er zum Schabbat in die Synagoge geht.«

»Ach so, stimmt. Sorry.« Leon nahm seine Hand von Nikolais Schulter. »Also *falls* er in die Synagoge geht ...«

»Klar, eine Garantie haben wir nicht. Ist aber tausendmal wahrscheinlicher, als dass er genau dann am Bahnhof auftaucht, wenn wir da rumstehen.«

Yara spürte wieder eine leichte Spannung zwischen den Jungs. War das so ein Männer-Konkurrenz-Geraffel, wer der Chef hier auf der Reise war? So waren die beiden doch zu Hause nie gewesen ... »Gute Idee, Niko«, sagte sie. »Dann müssen wir nur noch rausfinden, wo die Synagoge ist.«

»Wird kein Problem sein. Lasst uns erst mal einchecken und dann google ich das.«

»Kann ich auch machen«, murmelte Leon.

Die Jugendherberge sah bunt und modern aus. Im Eingangsbereich summten die verschiedensten Sprachen durcheinander. Im Gedränge an der Rezeption standen zwei spanisch sprechende Mädchen vor ihnen, braun gebrannt, zerzauste Haare unter gewickeltem Turban, zerschlissene Hippieklamotten, Nasen-, Ohren-, Augenbrauenpiercing, abgenutzte Rucksäcke, an denen Isomatten, Schlafsäcke, Trinkflaschen und sogar eine Ukulele festgezurrt waren. Die große weite Welt!

»Nach der Schule zieh ich auch los«, sagte Nikolai trotzig. Er sah die traurigen Augen seiner Mutter jetzt schon vor sich. Und seine Oma wäre genauso unglücklich, würde aber kein Wort darüber verlieren. Wenn er Geschwister hätte, die einen Teil ihrer Aufmerksamkeit abgreifen würden, wäre sein Leben bestimmt einfacher.

Leon und Yara schoben sich neben ihm zur Theke vor. Die beiden waren ja auch Einzelkinder. War es deshalb gerade etwas kniffelig zu dritt, weil sie alle drei so viel Nähe nicht gewohnt waren? Nikolai nahm sich vor, gelassener zu sein.

»Die Nächsten!« Der Mann hinter dem Tresen holte ihn aus seinen Gedanken. »Wie sieht's aus? Habt ihr reserviert?«

»Reserviert?«, wiederholte Leon überflüssigerweise. »Nö, nicht direkt.«

»Also nein?«

»Muss man das?«, fragte Yara.

»Muss man nicht, aber sollte man. Jedenfalls in der Hauptreisezeit.«

»Gibt es kein Zimmer mehr?«, mischte sich jetzt Nikolai ein.

Der Mann lächelte. »Für euch zusammen sowieso nicht. Mädchen und Jungs schlafen getrennt.«

Die drei schauten sich enttäuscht an.

»Wie alt seit ihr denn überhaupt?«

»Fast sechzehn.« Niko drückte unwillkürlich die Schultern nach hinten und machte sich groß. Doch das nützte gar nichts. Eine Minute später hatten sie begriffen, dass sie leider keine Ahnung vom Deutschen Jugendherbergswesen gehabt hatten. Ohne schriftliche Erlaubnis der Eltern würden sie nicht aufgenommen werden. Und Yara, die noch keine vierzehn war, sowieso nicht.

»Aber was sollen wir denn jetzt machen? Wo sollen wir denn schlafen?« Yaras Stimme klang plötzlich ganz zittrig.

Der Mann hinter dem Tresen seufzte. »Kinder, Kinder. Sagt mal, seid ihr von zu Hause abgehauen?«

»Nein!« Alle drei schauten ihn so überzeugend an, dass er nickte.

»Okay, okay«, sagte er beruhigend. »Wir können euch für die Nacht aufnehmen. Aber es tut mir leid, ich muss dann trotzdem die Polizei informieren.«

»Die Polizei? Wieso das denn?«

»Ist Vorschrift. Wir haben ja eine gewisse Fürsorgepflicht.«

Einen Moment waren sie völlig ratlos und blieben stumm vor dem Tresen stehen, während hinter ihnen das Geschiebe und Gesumme zunahm. »Dann versuchen wir es noch mal weiter«, sagte Nikolai schließlich so selbstbewusst wie möglich. »Unsere Eltern wissen ja, dass wir alleine unterwegs sind.«

Der Mann blieb freundlich. »Das bleibt natürlich euch überlassen«, sagte er. »Versucht es mal in der Hanauer Landstraße. Da gibt's ein Hostel, wo sie vielleicht nicht so strenge Bestimmungen haben.« Er kritzelte ihnen den Namen und die Adresse auf einen Zettel und wandte sich den nächsten Gästen zu.

Zehn Sekunden später standen sie wieder draußen vor der Tür.

»Das kann ja wohl nicht wahr sein! Als wir mit der Klettergruppe hier waren, war das alles kein Thema.« Leon sah so enttäuscht aus, dass Nikolai die bissige Bemerkung, die ihm auf der Zunge lag, hinunterschluckte.

»Wird schon klappen. Du hast dir doch vorgenommen, ein Glückspilz zu sein«, sagte er ganz ohne Spott. »So schnell geben wir nicht auf.«

5

Dieses Mal waren sie besser vorbereitet. In einem Computerladen um die Ecke hatten sie sich ein paar Blatt Papier schenken lassen. Und dann hatten sie drei wunderbare Bestätigungen verfasst. Jedes Mal mit anderer Handschrift und anderem Wortlaut und natürlich anderer gefälschter Unterschrift, aber jedes Mal klipp und klar: Yara Delamare, Leon Meyer und Nikolai Landau hatten die Erlaubnis ihrer Erziehungsberechtigten, im a&o-Hostel in Frankfurt am Main zu übernachten.

Als sie jetzt auf den Eingang des Hostels zusteuerten, kaute Yara nervös auf einer ihrer Locken herum. Hoffentlich flog der Fake nicht auf. Und hoffentlich waren die hier nicht so pingelig, weil sie noch keine vierzehn war. Es fehlten ja nur noch wenige Tage!

Das Mädchen an der Rezeption schien nicht viel älter als Nikolai zu sein und wirkte tiefenentspannt. »Null Problemo«, sagte sie zu Yara, nachdem sie ihre Ausweise und die Bescheinigungen kurz überflogen hatte. »Du bist ja so gut wie vierzehn. Kein Ding.« Sie zwinkerte ihr zu, während Leon Yara freudig den Ellenbogen in die Seite rammte.

»Jetzt brauche ich nur noch eine Kopie der Ausweise eurer Eltern und dann ist alles klar.«

»Äh, eine Kopie, kein Ding, alles klar«, echote Leon.

Nikolai atmete hörbar ein und aus. »Ja, eigentlich kein Ding«, sagte er. »Es ist nur so, dass wir da gar nicht dran gedacht haben. Und unsere Eltern leider auch nicht ...«

Das Mädchen lächelte. »Macht nichts. Ruft sie kurz an und dann sollen sie euch Fotos ihrer Ausweise aufs Handy schicken.«

»Jetzt?«

»Ja, warum nicht? Ihr könnt euch dort in die Sitzgruppe hocken. An der Bar gibt's auch was zu trinken und Snacks.«

Die drei wechselten schnelle Blicke. »Und wenn niemand zu Hause ist?« Yara klang kläglich.

»Handy hat man doch immer dabei.« Das Mädchen beugte sich vor. »Leute«, sagte sie leise. »Wenn ihr von zu Hause abgehauen seid, muss ich die Polizei verständigen.«

»Sind wir nicht!« Wieder ein Blickwechsel, dann zuckte Nikolai die Schultern. »Okay, wir bequatschen das in Ruhe.«

»Kann ich jedenfalls mal das Klo benutzen?«, fragte Yara.

»Natürlich, den Gang dort hinunter.«

In der Toilettenkabine war es kühl und still und wunderbar übersichtlich. Yara hatte sich schon immer aufs Klo gerettet, um sich Stress und Kummer zu entziehen. In der Schule, wenn sie nicht wusste, mit wem sie die große Pause verbringen sollte, genauso wie zu Hause, wenn die Eltern sich stritten und gar nicht mehr auf sie achteten. Auf einmal hatte sie Sehnsucht nach ihrer Mutter, Sehnsucht, mit ihr zu reden und zu hören, dass alles in Ordnung war und dass sie ihr versprach, nicht für immer in Frankreich zu bleiben – und dass sie ihr tatsächlich und in echt erlaubte, in diesem Hostel in Frankfurt zu übernachten. Yara grub die Finger in ihre Locken. Mann, wenn man einmal anfing zu lügen ...

Leon und Nikolai warteten draußen vor dem Eingang auf sie.

»Na endlich. Ich hatte schon Angst, du wärst ins Klo gefallen«, begrüßte sie Nikolai.

»Ach was. Yara hat überlegt zu Hause anzurufen.« Leon grinste.

»Wie kommst du denn darauf?«, fragte Yara überrascht.

»Weil ich dich kenne, Delamare. Und hast du? Hast du es überlegt?«

»Ihr nicht?« Yara schaute von Leon zu Nikolai.

Die beiden schüttelten voller Überzeugung die Köpfe.

»Du bist so ein Küken, Yara«, sagte Nikolai, und dabei sah er sie derart liebevoll an, dass sie es nicht schaffte, beleidigt zu sein.

»Hmm«, machte sie, »okaaay«, zögerte einen Moment und schulterte dann schwungvoll ihren Rucksack. »Und nun? Wohin gehen wir, Leute? Habt ihr einen Plan?«

»Zum Fluss«, antwortete Nikolai. »Wenn du nicht weiterweißt, setz dich ans Ufer. Alte jüdische Weisheit.«

»Echt?«

»Nein. Hab ich mir ausgedacht.« Jetzt war es ausnahmsweise mal Niko, der grinste.

Seite an Seite trabten sie die Straße hinunter, in die Richtung, in der sie den Main vermuteten. Yara ging zwischen den Jungs, die sie beide fast um einen Kopf überragten. Rechts Leon mit seinen verschwitzten blonden Zippeln, dem nichts Besseres einfiel, als »Don't worry, be happy« zu pfeifen, und links Nikolai mit den langen Haaren, die wie frisch aus der Schale gepellte Kastanien glänzten und die er sich immer wieder aus dem Gesicht strich, ohne es zu bemerken.

Der Himmel, der den ganzen Tag nichts anderes als eine langweilige Nichtfarbe hingekriegt hatte, verdunkelte sich zu einem blauen Leuchten, durch das sich zartrosa Zuckerwattefetzen zogen, und die Luft war nicht mehr heiß und stickig, sondern mild. Mit jedem Schritt fasste Yara wieder Mut. Hatte sie tatsächlich vor ein paar Minuten noch mit dem Gedanken gespielt, ihre Mutter anzurufen?

6

Eine Stunde später hockten Yara und Nikolai am Rand der Skateranlage im Hafenpark, der sich das Mainufer entlangzog, und beobachteten die halsbrecherischen Aktionen der Leute. Von irgendwoher wummerte Techno über die Rampen und lieferte den passenden Sound.

»Die haben's echt drauf«, sagte Nikolai bewundernd. »Ich wünschte, ich wäre nur halb so gut.«

»Und ich wünschte, Leon treibt was zu essen auf«, antwortete Yara. »Mir hängt der Magen in den Kniekehlen. Wo bleibt er denn?«

Sie drehte sich um und versuchte, ihn irgendwo zwischen all den Leuten im Park zu entdecken. Hinter ihnen ragte ein einsamer Wolkenkratzer wie ein glitzernder Riesenmonolith in den Himmel. Die Spitze des Turms fing noch den Rest des Tageslichts ein und alle Fenster waren erleuchtet, als ob mit Geschäftigkeit geprotzt würde: Hey, ihr vergnügungssüchtigen Freizeitfreaks, bei uns jedenfalls wird gearbeitet, egal wie spät es ist.

Mit Beginn der Abenddämmerung schienen sich am Mainufer im Ostend alle versammelt zu haben, die etwas erleben wollten. Die Skater, die Kids auf Inlinern, BMX-Rädern und Stunt-Scootern. Ein paar Meter weiter, in der Grünanlage direkt am Fluss, wurde gegrillt, Livemusik gemacht, getanzt, geflirtet oder einfach nur abgehangen. Ein einziges großes Sommerfest, friedlich und entspannt und trotzdem richtiges Großstadtleben. In der Ferne sah man die Skyline der City blinken.

Nikolai war Yaras Blick gefolgt. »Frankfurt ist so cool, oder? Ich schätze, die Schweizer Alpen können einpacken dagegen.«

Yara schluckte. Na toll … Jetzt hatte Niko sie daran erinnert, dass sie ja eigentlich mittlerweile in der Berghütte angekommen wären und sie ihren Eltern versprochen hatte, sich kurz zu melden. Sie zog ihr Handy aus der Hosentasche. *Total schön hier, bin müde und hungrig, aber gleich gibt's Essen. Viele Grüße von uns allen*, schrieb sie in die Familiengruppe. Sie blies die Backen auf. So, das war immerhin so gut wie gar nicht gelogen. Jedenfalls wenn Leon wieder auftauchte.

Nikolai machte es sich einfach. Er schickte den gleichen Text an seine Mutter, wobei sich auch bei ihm das schlechte Gewissen meldete. Aber da er es seit Jahren gewohnt war, zu Hause nur so viel zu erzählen, wie er für richtig hielt, verflog sein Schuldgefühl mit der nächsten Brise, die über die Skateranlage wehte. Die gewohnte Ausrede, dass sie sich sonst nur unnötig Sorgen machen würden, zog fast immer.

»Sorry, hat etwas länger gedauert.« Wie aus dem Nichts stand Leon neben ihnen. »Aber ich hab was mitgebracht.«

Yara runzelte die Stirn. Meinte er etwa die Mädchen an seiner Seite? Sie strahlten fröhlich und jetzt erkannte Yara die beiden mitsamt ihrer Ukulele. Es waren die Weltenbummlerinnen von der Rezeption in der Jugendherberge. Wo hatte Leon die denn aufgegabelt?

»Valentina und Milagros aus Argentinien«, stellte er die zwei mit großer Geste vor. »And these are Yara and Nikolai.«

»Hola«, begrüßte sie das Mädchen namens Milagros, während Valentina derart begeistert »Hey, guys!« zwitscherte, als wären sie seit Ewigkeiten best friends.

»Olla«, antworteten Yara und Nikolai. Da die drei keine Anstalten machten, sich zu ihnen zu setzen, standen sie auf. Yara tat es leid, so kritisch geguckt zu haben, und wollte irgendetwas Nettes sagen. Aber mal eben auf Englisch loszuquatschen, gelang ihr nicht, und so lächelte sie nur ein bisschen schüchtern in die Runde.

Leon dagegen redete in einem ziemlich schlechten Englisch drauflos. Er schlug vor, gemeinsam zu der Wiese hinüberzugehen, auf der ein paar Leute coole Musik machen würden. »Drums and so«, sagte er und schlug auf einer imaginären Trommel herum. »Valentina, you can play with your Ukulele.«

Das Mädchen namens Valentina lachte, schüttelte ihre langen schwarzen Haare und hakte sich bei Nikolai ein. »Vamos!« Niko wirkte leicht überfordert mit der Situation, ließ sich aber willig mitziehen.

»Und was essen wir?« Yara stupste Leon an, während sie hinter der Dreiergruppe herliefen. »Hast du echt nur die Mädchen mitgebracht? Ich fall gleich um vor Hunger.«

»Quatsch, ich war bei der Tanke«, sagte er und klopfte auf seine ausgebeulten Hosentaschen. »Nugatschokolade, Tüte Erdnüsse und das allerletzte Käsebrötchen, das sie noch hatten.«

»Na super.«

»Ist doch besser als nichts. Und die Chicas haben Fladenbrot, Humus und Oliven dabei. Und Rotwein.« Leon verzog schuldbewusst das Gesicht. »Oh, darf man Chicas sagen oder ist das frauenfeindlich?«

Yara zuckte die Schultern. »Kann schon sein. Frag doch mal die beiden.«

»Die sind ja nun komplett mit unserem Nikolaus beschäftigt.«

Yara blinzelte ihn von der Seite an. Leon schien leicht angefressen zu sein. Die Argentinierinnen fanden Niko offensichtlich spannender als ihn. Klar, der zappelige Leon wirkte wie ein kleiner Junge im Vergleich zu Niko, obwohl der ja auch noch nicht mal sechzehn war. Voller Zuneigung hakte sie sich nun bei Leon ein. »Jetzt schmoll nicht«, sagte sie.

Doch Schmollen lag Leon eh nicht. Er drückte sie an sich und gab ihr einen Kuss auf die Wange. »Reicht mir zu wissen, dass ich *deine* große Liebe bin, Delamare. Mehr verlange ich nicht vom Leben.«

Sie roch seinen warmen Atem, der nach Rotwein auf leerem Magen müffelte. Da hatte Leon also mit den Mädels schon mal vorgetrunken. Kein Wunder, dass er so lange weg gewesen war. Aber egal, jetzt war er hier. Arm in Arm und im selben Rhythmus schlenderten sie mit ihrem Gepäck auf dem Rücken weiter, vor sich Nikolai, der ein wenig steif zwischen den beiden Mädchen über die Wiese stakste.

7

Das Feuer flackerte nur stimmungshalber. Die Hitze, die es verbreitete, war mehr als überflüssig, denn die Nacht war immer noch warm. Und etwas zum Grillen hatte auch niemand der Leute dabei, die um das Feuer herum lagerten. Ein Typ mit Rastalocken und breitem Oberkörper trommelte auf einer Djembe und die anderen schlugen den Rhythmus auf ihren Oberschenkeln mit. Nikolai saß im Schneidersitz, sein linkes Knie berührte das nackte Knie von Milagros, sein rechtes lag auf Valentinas Bein. Er hatte seine Sperrigkeit längst aufgegeben und ließ sich treiben. Immer weiter weg von zu Hause, seinem Alltag, seinen Sorgen. Das Leben konnte so leicht sein.

Yara hatte ihren Kopf in Leons Schoß gelegt, die Augen geschlossen und versuchte gleichmäßig zu atmen. Sie schwamm in einem sanften Auf und Ab, geschaukelt von einer Welle, der sie lieber keinen Widerstand entgegensetzen wollte. Kam der Schwindel in ihrem Kopf von dem ungewohnten Wein oder dem Joint, der die Runde gemacht hatte? Sie hatte es ziemlich eklig gefunden und losgehustet und das Ding nach drei Zügen nicht mehr angefasst. Oder war es das ewige *Bumm, bumm, bumm* der Trommeln, das ihr Hirn durcheinanderbrachte? *Bregenklöterig* würde Frau Winter dazu sagen oder auch *rammdösig*. Ziemlich ulkige Wörter. Genau wie *ulkig*, das war auch ein ulkiges Wort. Sie kicherte.

»Na, Delamare, alles gut?« Leon beugte sich vor und pustete ihr die Locken aus der Stirn.

»Beweg dich bitte nicht. Mir ist schwindlig.«

»Soll ich dir was verraten? Das kommt vom Schwindeln. Du bist es einfach nicht gewohnt zu lügen.«

»Ich lüg doch gar nicht«, protestierte Yara schwach.

»Nee, stimmt.« Jetzt kicherte auch Leon. »Dann liegt es wohl daran, dass wir hier so hoch oben in den Alpen sind. Dreitausend Meter. Großartige Aussicht! Wahrscheinlich bist du nicht schwindelfrei.«

»Haha. Musst du mir die Laune verderben, du Honk?« Sie öffnete die Augen, über ihr schwebte Leons breites Grinsen wie der Vollmond, im weichen Licht des Feuers erkannte sie Niko, der so gelöst aussah wie nie. Um sie herum mischten sich Lachen, Stimmengewirr und Ukulele-Geklimper unter das Trommeln. So friedlich ... Selbst das schummerige Gefühl in ihrem Kopf und ihrem Magen war cool, solange sie hier gemütlich liegen blieb. Sie konnte die Augen nicht mehr offen halten, doch auch mit geschlossenen Lidern flimmerte die Welt noch rotgolden.

Leon strich ihr mit einem Grashalm über die Schläfen. »Schlaf, Kindchen, schlaf«, hörte sie ihn leise singen. »Der Vater hüt' die Schaf. Die Mutter schüttelt's Bäumelein, fällt herab ein Träumelein. Schlaf, Kindchen, schlaf.« Weich und rund klang seine sonst so kieksige Stimme. Vielleicht hatte seine Mutter ihm das früher am Bett vorgesungen. Oder sein Vater? Der Chef von Mode-Meyer ...

Auf einmal war das Lied wieder da, das sie immer gemeinsam mit den Eltern gesungen hatte. »Frère Jacques, Frère Jacques, dormez-vous, dormez-vous«, zusammengekuschelt auf dem Sofa in der alten Wohnung. Schön war das gewesen. Aber nun waren sie alle drei ganz woanders, sie hatten alle drei ihre

Geheimnisse. So war es eben. Und das war ein bisschen schön und ein bisschen traurig zugleich.

Der Grashalm kitzelte sie. Yara schob Leons Hand weg und hielt sie fest. »Schlaf, Kindchen, schlaf.« Noch einmal Schafe hüten, noch einmal Bäumelein, noch einmal Träumelein, dann vergaß sie das Denken und Erinnern, sie lockerte den Griff, entspannte die Muskeln und sank tatsächlich in den Schlaf. Dass Leon ihr irgendwann ihre Jacke unter den Kopf schob und sich neben ihr ausstreckte, bekam sie nicht mehr mit.

Als sich Niko später in der Nacht auf ihre andere Seite legte, so dicht, dass sein Atem sie streichelte, nahm sie das unbewusst in ihren Traum mit auf. Wo war sie? Am Meer, in Frankreich, in einem fremden Land? Es waren Sommerferien, sie lag im Sand, allein, und trotzdem war da noch jemand, ein Wesen, das irgendwie unheimlich war und sie gleichzeitig behütete.

Leon wachte im Morgengrauen auf. Er brauchte ein paar Sekunden, um zu begreifen, wo er war. Auf den Ellenbogen gestützt schaute er über die Reste des erkalteten Feuers und die vier, fünf schlafenden Gestalten hinweg zum Fluss, der wie Quecksilber schimmerte. Es war kühler geworden und er zog eine Kapuzenjacke und ein Handtuch aus seinem Rucksack, breitete die Sachen über sie alle drei aus und kuschelte sich wieder an Yara. Er drückte die Nase an ihren Nacken und schnupperte. Sie roch nach Sonnencreme, Schweiß, Schlaf und Lagerfeuerqualm. Und nach Yara. So müde er auch war, er versuchte trotzdem wach zu bleiben. Das hier war viel zu schön, um es zu verpassen.

8

»Wake up. Wake up!« Leon hatte das Gefühl, noch gar nicht wieder geschlafen zu haben, als ihn jemand an der Schulter rüttelte. Es war der Djembe-Spieler, der jetzt auch Yara und Nikolai anstupste. »Get up! Police!« In der nächsten Sekunde griff er nach der Trommel und rannte mit langen Schritten über die Wiese. Leon strich sich mit dem Handrücken über die Augen. Außer ihnen war niemand mehr da. Waren alle anderen schon abgehauen? Und wo war die Polizei?

»Dahinten, bei dem Theaterzelt, in Zivil«, sagte Nikolai, als hätte Leon seine Frage laut ausgesprochen.

Yara hatte sich aufgesetzt und starrte zu der kleinen Gruppe hinüber, die mit den Leuten sprach, die immer noch auf den Bänken vor dem rot-weiß gestreiften Zelt saßen. Obwohl ... sie unterhielten sich nicht nur. Sie kontrollierten die Ausweise.

Leon begann, seine Sachen in den Rucksack zu stopfen. »Wir tun doch nichts Verbotenes.«

»Keine Ahnung«, meinte Nikolai. »Lasst uns lieber verschwinden.«

Ohne sich noch einmal umzudrehen, machten sie sich im normalen Tempo auf den Weg. Bloß nicht rennen ... Das wirkte nur verdächtig und mit ihrem Gepäck wären sie sowieso nicht die Schnellsten. Alle drei hielten sie die Köpfe gesenkt, als erwarteten sie, gleich im Genick gepackt zu werden. In Yara waberte immer noch ein bisschen Übelkeit, hinter ihren Schläfen pochte es. Von der Sorglosigkeit der Nacht war nicht mehr viel übrig. Die Party war zu Ende, das Feuer erloschen, das Trommeln nur noch eine Erinnerung. Leon versuchte, die Katerstimmung zu vertreiben. »Los, Leute, Zähne putzen!«, sagte er und verteilte Kaugummi.

Sie gingen weg vom Fluss auf den Wolkenkratzer zu, der am Abend mit seinen erleuchteten Fenstern so verschwenderisch geglänzt hatte. Jetzt spiegelte er nur den wolkenverhangenen Morgenhimmel wider. Selbst das schöne Wetter war vorbei. Alles hier war grau. Der Rasen, auf dem sie gelegen hatten, war in eine weite, öde Betonfläche übergegangen. Warum pflasterte man den Boden bloß so hässlich zu?

Es dauerte einen Moment, bis Yara erkannte, dass sie nicht über schlichte Betonplatten liefen – sondern über Inschriften. Ihr Blick war an einem Halbsatz hängen geblieben. *Die jüdischen Menschen mit dem gelben Stern.* Sie blieb erschrocken stehen. »Wartet mal«, sagte sie.

Aber da hatte auch Nikolai schon stumm zu lesen begonnen. Seine Kiefermuskeln bewegten sich, als müsste er etwas Hartes zerbeißen.

Die jüdischen Menschen mit dem gelben Stern auf der Brust liefen unter Bewachung in Vierer- und Fünferreihen in Richtung Großmarkthalle. Der Zug war etwa 50 Meter lang. Es waren Familien mit Kindern, die ihre Köfferchen oder anderes Kleingepäck dabeihatten. An allen Seiten liefen bewaffnete Uniformierte. Frieda und Ruth Sitzmann, 2006.

Yara schluckte. Von den gelben Sternen hatte Frau Winter ihr erzählt. »Ich war so dumm, den Stern auf Ellas Mantel schön zu finden. Ich wusste nicht, dass sie ihn tragen musste, damit man sie besser erkennen und quälen konnte«, hatte sie gesagt und dabei so unglücklich ausgesehen, voll schlechten Gewissens, obwohl sie damals noch ein Kind gewesen war.

»Mensch …« Leon ging zur nächsten Inschrift und die anderen folgten ihm. Diesmal las Niko vor: *»Stunden und Stunden standen die Familien da drüben. Jeder hatte ein Pappdeckelschild umgehängt (wie ein Schandschild aus dem Mittelalter), das Gepäck in der Hand, den Rucksack auf dem Rücken. Szenen, die sich nie vergessen lassen werden. Den ganzen Tag über dauerte das Warten, Packen, Warten. Bis sie dann alle gesammelt in den Keller der Markthalle kamen.«* Nikos Stimme krächzte so brüchig wie sonst Leons. *»Cläre von Mettenheim, 1941.«*

Von Inschrift zu Inschrift wanderten sie. Schließlich fanden sie auf einer Tafel an einer Mauer die Erklärung für die Zitate. Das alte Gebäude zu Füßen des Glitzerhochhauses war früher die Großmarkthalle gewesen. Und dort hatten die Nazis jüdische Menschen eingesperrt, bis sie zu den Zügen getrieben wurden. Rund 10 000 Menschen hatte man von hier in Richtung Osten deportiert und in den Tod geschickt.

Der graue Himmel schien schwerer geworden zu sein. Mit jedem Zitat, das die drei gelesen hatten, war ihre Beklommenheit gewachsen. Nikos Kehle war so trocken, dass es wehtat, da half auch Kaugummikauen nicht. Als er seinen Rucksack absetzte, um vielleicht doch noch einen Tropfen aus seiner leeren Wasserflasche zu quetschen, sah er die Polizistin auf sie zukommen. Eine junge Frau in schwarzer Stoffhose, heller Freizeitjacke und derben Schuhen, so uncool, dass es wirklich nur eine Verkleidung sein konnte. Die drei Männer, zu denen sie gehörte, standen nur noch wenige Meter entfernt.

»Die Polizei.« Niko berührte Yaras Hand.

Da war die Frau auch schon bei ihnen. »Na, ihr drei, ihr seid aber früh unterwegs. Kann ich euch irgendwie helfen?«, sagte sie in einem Tonfall, den man in alle Richtungen interpretieren konnte.

»Guten Morgen«, antwortete Niko höflich. »Vielen Dank, eigentlich brauchen wir keine Hilfe. Wir sind nur ziemlich erschlagen von all dem hier.«

Die Polizistin nickte. »Ja, die Gedenkstätte ... das verstehe ich gut.« Ihr Blick wanderte über die Infotafel und sie schien einen Anstandsmoment zu warten, bevor sie sich Yara zuwandte. »Wo wollt ihr denn hin?«

Yara hatte die Fäuste in den Hosentaschen vergraben. Jetzt zog sie spontan den Zettel hervor, den sie in der Jugendherberge bekommen hatten, und streckte ihn der Frau entgegen. »Hanauer Landstraße, zum a&o-Hostel. Unsere Eltern haben da für uns reserviert.«

»Und wo kommt ihr her?«

»Aus Hamburg, mit dem Nachtzug.« Auch diese Lüge kam ihr wie selbstverständlich über die Lippen.

»Wir wollten uns noch die Inschriften anschauen, bevor wir einchecken.« In Nikolai blitzte der Satz *Wissen Sie, ich bin nämlich Jude* auf. Aber er sprach ihn nicht aus und klopfte stattdessen auf seine leere Flasche. »Und noch irgendwo Wasser kaufen.«

»Kriegt ihr am Ostbahnhof. Einfach weiter geradeaus. Da geht dann auch die Hanauer Landstraße ab.« Die Polizistin musterte sie ein paar Sekunden. »Passt auf euch auf«, sagte sie schließlich, bevor sie sich umdrehte und zu ihren Kollegen zurückging. Langsam schlenderten die vier weiter Richtung Mainufer.

»Puh!« Leon stieß die Luft aus. »Ich wette, die hatte eine Pistole unter der Jacke.«

Yara rieb sich die Stirn. Leon hatte unrecht gehabt – sie konnte ziemlich gut lügen. Offensichtlich besser als er. Leon hatte die ganze Zeit über kein Wort herausgebracht und nur an seinen Fingernägeln herumgeknibbelt. Aber sie hatte nicht gewusst, wie anstrengend das Lügen war, wenn man nicht auffliegen wollte.

Sie blieben vor der Tafel stehen und lasen den Infotext zur Gedenkstätte. All die Zitate waren hier noch einmal nacheinander festgehalten, eine Auflistung der Traurigkeit. Die Sätze verschwammen vor Nikolais Augen. *Meine lieben Kinder! Ich bin in größter Aufregung, da ich schon die Mitteilung bekam, dass ich übermorgen Frankfurt verlassen muss. Leider ging mein Wunsch, Euch wiederzusehen, nicht mehr in Erfüllung. Auf jeden Fall will ich von Euch Abschied nehmen und wünsche Euch alles Gute, was eine Mutter ihren Kindern wünschen kann.* Mit aller Macht drängte Niko die Tränen zurück, damit ihn die Traurigkeit nicht überwältigte und komplett fertigmachte.

»Mensch«, hörte er Leon wieder murmeln. Niko hielt unwillkürlich den Atem an. Wenn von Leon jetzt auch nur der Hauch eines blöden Spruchs kam, würde er nie wieder ein Wort mit ihm reden.

Doch Leon seufzte nur. »Es tut mir so leid«, sagte er.

Niko setzte seinen Rucksack auf. »Lasst uns weitergehen.«

9

Die Sonne hatte den Morgendunst über dem Mainufer vertrieben, es würde wieder ein schöner Tag werden. Die Stadt war dabei, wach zu werden; Rollläden wurden hochgezogen, Fensterläden aufgeklappt, Müllwagen rumpelten durch die Straßen, Frühaufsteher hetzten zur U-Bahn. Auf dem Weg zum Ostbahnhof kamen sie an einer Bäckerei vorbei, aus deren offener Tür es nach frischen Brötchen duftete. Ein grandioser Geruch! In der nächsten Sekunde standen sie an der Theke, wo sie es kaum erwarten konnten, an die Reihe zu kommen.

Als sie dann an einem der Tischchen saßen und ausgiebig frühstückten, meldete sich Yaras Mutter in der Familiengruppe. »Bonjour, ihr Lieben. Geht's euch gut? Schick doch mal ein paar Bilder, mein Kind.«

»Meine Mama. Sie will Fotos sehen …« Yara zerwühlte ihre Locken. »Wieso ist die überhaupt schon auf? Und wo um alles in der Welt kriege ich denn jetzt ein Alpenpanorama her?« Ihre Verzweiflung war nur zur Hälfte gespielt.

Leon, der gerade mit einer neuen Ladung Schokohörnchen von der Theke kam, las über ihre Schulter gebeugt mit. »Ist doch kein Ding«, sagte er. »Du schickst 'n Selfie von uns. Was Schöneres findest du eh nicht so leicht.«

Er hockte sich neben sie und auch Nikolai lehnte seinen Kopf an Yaras. Dann hielten sie Kakaobecher und Croissants wie

Trophäen in die Luft und grinsten um die Wette – Niko mit verschmierter Schokolade an der Wange, Leon mit Sonnenbrand auf der Nase und Yara mit zerzausten Haaren, im Hintergrund die braune Resopalwand der Bäckerei, die man glatt für Holz halten konnte. Ein Super-Urlaubsfoto, das Yara zufrieden abschickte. Niko machte es ihr pflichtbewusst nach.

»Was ist mit dir?«, wandte er sich an Leon. »Willst du das nicht auch deinen Eltern schicken?«

Der rollte mit den Augen. »Die denken doch, ich bin mit Valentin an der Ostsee.«

»Ach ja. Wer ist Valentin eigentlich? Kennen deine Eltern den?«

Leon zuckte die Schultern. »Im Prinzip schon. War mein Freund in der Grundschule. Seine Familie hat 'ne Wohnung in Timmendorf, da bin ich früher manchmal mitgefahren.« Er stopfte sich sein Croissant in den Mund. »Ich melde mich nachher mal bei ihnen«, sagte er mit einem Gesichtsausdruck, der nur bedeuten konnte, dass er das Thema wechseln wollte.

Der ganze lange Tag lag vor ihnen. Während sie von Kakao zu Cola übergingen, surfte Nikolai durchs Internet und schlug dann vor, dass sie gegen 18 Uhr an der Synagoge sein sollten, um die Ankunft der Besucher nicht zu verpassen. Vorher wollte er noch zum TuS Makkabi, dem jüdischen Sportverein, der anders als der Verein in Hamburg eine anständige Fußballabteilung hatte. »Die haben vierundzwanzig Juniorenmannschaften!« Er hielt ihnen sein Handy mit der Homepage des Vereins vor die Nase.

Überrascht schaute Yara ihn an. Die letzten Wochen hatte Niko kein Wort über Fußball verloren. Aber es war auch so klar gewesen, dass er seinen Traum von der Makkabiade begraben hatte. Wollte er sich jetzt vielleicht doch fürs nächste Mal anmelden?

Niko schien ihre Gedanken erraten zu haben. »Ich spiele nicht mehr«, betonte er. »Aber ich will mir den Laden jedenfalls mal anschauen. Zu Fuß ist es ’ne Dreiviertelstunde von hier.«

Leon guckte kritisch. »Mit dem ganzen Gepäck?«

Doch auch das Problem hatte Nikolai schon gelöst. Auf dem Weg zum Verein im Westend konnten sie am Hauptbahnhof vorbeigehen und ihre Rucksäcke in Schließfächern lassen. Dann bräuchten sie das Zeug auch später nicht mit zur Synagoge zu schleppen. Mit Gepäck würden sie da sicher sowieso nicht reinkommen.

»Ach so …« Jetzt sah Leon noch skeptischer aus. »Du meinst, wir sollten nicht nur draußen Ausschau halten, sondern auch reingehen, wir alle drei?«

Nikolai hob die Schultern. »Klar, da kannst du doch in aller Ruhe nach dem Mann gucken.«

»Aber das ist doch eine Schabbatfeier.«

»Und?«

»Ist es nicht irgendwie merkwürdig, wenn Yara und ich mitkommen? Wir sind ja gar nicht jüdisch.«

»Wieso? Ich war auch schon in einer christlichen Kirche. Mit der Grundschule sind wir immer in den Weihnachtsgottesdienst gegangen.« Nikolai ließ Leons Verunsicherung an sich abperlen, als würde er sie gar nicht bemerken.

»Okay …« Leon sah zu Yara hinüber. Die könnte eigentlich auch mal was sagen.

»Also, ich komme gerne mit«, meinte sie jetzt. »Aber Leon hat schon irgendwie recht. Wir haben ja keine Ahnung. Ich meine, von den jüdischen Gebeten und so.«

»Macht doch nichts.« Nikolai tat selbstsicherer, als er war. Schließlich wusste er auch nicht, wie die Gepflogenheiten in der

Frankfurter Synagoge waren. Aber das würde sich dann schon finden. »Jetzt lasst uns mal zahlen«, sagte er.

»Hab ich schon gemacht, als ich die Colas geholt hab.« Leon grinste schief. »Ich muss doch das Geld irgendwie loswerden, mit dem meine Eltern mich nach Timmendorf geschickt haben.«

10

Mittlerweile hatte die Hitze Frankfurt schon wieder im Griff. Es tat gut, die Rucksäcke los zu sein. Ohne Gepäck und ohne Eile liefen sie durch das Bahnhofsviertel, das allerdings nicht gerade zum Bummeln einlud. Auf engstem Raum versammelten sich hier trübsinniges Elend und fettes Geldverdienen. Kneipen, aus denen schon am Vormittag die Betrunkenen torkelten, schlafende Obdachlose auf dem Bürgersteig, Menschen, die in Mülleimern wühlten. Aber auch Szenecafés und Anzugtypen, die wichtig auf ihren iPhones herumtippten, während sie einen Coffee to go schlürften. Klar, irgendwer musste ja in all den Bürotürmen und Banken arbeiten, die hier in den Himmel ragten.

»Echt jetzt, so stell ich mir New York vor«, sagte Leon beeindruckt. »Wisst ihr, dass man Frankfurt auch Mainhattan nennt?«

Yara, die um ein Haar von einem E-Scooter erwischt wurde, fluchte. »Nee, ist mir auch wurscht. Ich wäre jetzt ehrlich gestanden lieber in den Bergen.«

»Hey, es war deine Idee, nach Frankfurt zu fahren.«

»Und deine war es, dem Mann die Kippa zu klauen.«

»Schon gut, schon gut.« Leon hob beschwichtigend die Hände.

Schon nach kurzer Zeit änderte sich das Stadtbild und sie gingen durch Wohnstraßen mit schönen alten Mietshäusern und Vorgärten, die Yara an ihr ehemaliges Zuhause erinnerten.

Auch der TuS Makkabi, zu dem sie Google Maps lotste, befand sich in einer ruhigen Straße. Die schwarz gekleideten Wachmänner mit Schutzwesten, die vor dem Haus standen, passten gar nicht ins Bild.

»Oh, schon wieder Polizei?« Leon verzog das Gesicht. »Die haben auch Waffen!«

»Ja, jüdische Einrichtungen werden bewacht, jedenfalls in Deutschland«, sagte Nikolai, als wäre das das Selbstverständlichste der Welt. Er schaute sich suchend um. Es sah hier überhaupt nicht nach Sportverein aus, nur ein kleines Schild wies auf den TuS Makkabi hin. Stattdessen gab es eine jüdische Grundschule. Einer der Wachmänner wurde auf sie aufmerksam und sprach sie an. Er erklärte ihnen, dass sich in diesem Gebäude nur das Büro des Vereins befand und die Fußballplätze ganz woanders waren.

»Was soll's«, meinte Nikolai zu den anderen beiden, als sie wieder Richtung Innenstadt zurückgingen. »Hätte mich wahrscheinlich sowieso nur fertiggemacht, anderen beim Training zuzugucken.«

»Aber warum machst du dann nicht weiter, Niko?«, fragte Yara.

»Keinen Bock mehr … Ich fang nach den Ferien mit Krav Maga an.«

»Selbstverteidigung, cool! Bietet das euer Makkabi-Verein an?«, fragte Leon. »Kann ich da auch mitmachen?«

»Logisch, da kann jeder mitmachen, wenn er Mitglied ist.«

»Je*de* auch?« Yara guckte streng.

»Jede?«

»Ja, jede, die Mitglied ist.«

Nikolai machte immer noch ein dummes Gesicht.

»Hallooo? Mädchen. Frauen.«

Jetzt rollte Niko mit den Augen. »Klar, Delamare, jeder und jede. Sorry.«

Yara lachte los. »Noch eine Woche, Niko, und man kann dich von Leon nicht mehr unterscheiden.«

»Und frau auch nicht«, gab Leon seinen Senf dazu. »Wäre echt schade für dich, wo doch die Chicas so auf dich abfahren.« Er blinzelte Nikolai zu. »Lief da letzte Nacht eigentlich was?«

»Quatsch!« Niko schüttelte den Kopf. »Die waren schon über zwanzig!«

Leon rempelte Yara an. »Ha, hast du gehört? Unser Niko steht eher auf Jüngere. Deine Chancen steigen, Delamare.«

»Pfff«, machte Yara. Sie merkte, wie sie rot anlief, ohne es verhindern zu können.

»War ein Scherz. Ich weiß doch, wem dein Herz gehört.« Leon gab ihr einen Kuss auf die Wange.

Yara schob ihn weg. »Das gehört mir allein.« Sie blieb stehen. »Wohin gehen wir eigentlich?«

»Zum Fluss«, sagte Leon. »Wenn du nicht weiterweißt, setz dich ans Ufer. Alte jüdische Weisheit, oder?«

Nikolai schnalzte mit der Zunge und schüttelte bedauernd den Kopf. »Wieder nur halb aufgepasst, Meyer. Aber hier kriegst du eine echte jüdische Weisheit, die du dir merken solltest: Sprich wenig und tue viel!«

»Oh, danke, Rabbi!« Leon verbeugte sich vor Nikolai. »Und wohin gehen wir nun?«

»Zum Fluss, wo wir gestern waren. Da war's doch cool, oder?«

Yara und Leon kicherten und Niko stöhnte auf. »Die Argentinierinnen sind heute abgereist!« Er wischte Leon über Yaras Kopf hinweg einen Klaps über den Hinterkopf.

11

Nachdem sie sich bei einem Dönerladen Falafeln geholt hatten, suchten sie sich am Mainufer ein schattiges Plätzchen. Träge lümmelten sie sich auf edel geschwungenen Holzliegen, die bequemer aussahen, als sie waren. Trotzdem siegte irgendwann ihre Müdigkeit und sie schliefen alle drei ein.

Nikolai wachte davon auf, dass sein Handy vibrierte. Seine Mutter natürlich. Sie wollte sich nur mal mit einem lieben Gruß von Babuschka melden – aber natürlich erwartete sie einen Lagebericht. Spontan machte er ein Foto von Yara und Leon, die auf ihren Liegen Urlaubsstimmung ausstrahlten. Yara hatte ein Lächeln auf den Lippen und Leon eine übergroße Sonnenbrille auf der Nase. Der Rasen um sie herum sah sicher nicht anders aus als das Grün eines Schweizer Rasens. *Wir sind k.o. Haben letzte Nacht nicht so viel geschlafen und sind heute viel gewandert. Aber alles gut, echt super hier.* Er tippte schnell, schickte die Nachricht und das Foto ab und versuchte dann, die anderen beiden wach zu kriegen. Mann, sie hatten total verschlafen! Zumal sie noch mal beim Hauptbahnhof vorbeimussten, da Leon, der Schussel, die Kippa im Schließfach gelassen hatte.

Mit der U-Bahn schafften sie es gerade noch rechtzeitig ins Westend, um kurz nach neunzehn Uhr bei der Synagoge zu sein. Als sie auf das wuchtige Gebäude mit den roten Kuppeln zuliefen, registrierten sie das Polizeihäuschen an der Ecke und den schwarz gekleideten Wachmann vor dem Eingang.

»Schabbat Schalom!«, grüßte Nikolai außer Atem. »Können wir noch rein?«

Der Mann musterte sie mit undurchdringlicher Miene. »Natürlich«, sagte er dann. »Wenn ihr keine Waffen dabeihabt und mir eure Ausweise zeigt.«

Keine Waffen? Leon schob die Hände in die Hosentaschen. Meinte der das ernst? Würde er sie jetzt abtasten? An seinem Schlüsselbund hatte er ein winziges Taschenmesser ... Verunsichert kramte er den Anhänger hervor.

»Schon gut.« Jetzt war auf dem Gesicht des Wachmanns ein leichtes Lächeln zu sehen. Er warf einen Blick auf ihre Ausweise und ließ sie in den Vorraum, wo sie von einem älteren Herrn mit »Schabbat Schalom« begrüßt wurden. »Kommt nur rein.«

Auf der Theke vor der Garderobe entdeckten sie eine Schale mit schlichten schwarzen Kippot, die man sich ausleihen konnte. Nikolai nahm eine für sich und eine für Leon heraus. Die gestohlene Kippa hatte Leon zusammengefaltet in der Hosentasche dabei. Sie wog nur ein paar Gramm, aber Leon spürte ihr Gewicht überdeutlich. Wie gern würde er sie wieder loswerden und seine eigene Blödheit vergessen! Für einen Moment blitzte in ihm die Idee auf, die Kippa einfach zu den anderen zu legen und schnell wieder zu verschwinden.

»Komm, Leon.« Yara gab ihm einen winzigen Schubs. Sie hatte ihn garantiert durchschaut, da war Leon sicher. Ein bisschen zu hastig nahm er Niko die Kippa aus der Hand und setzte sie sich so wie er auf den Hinterkopf.

Sie waren nicht zu spät dran. Im Eingangsbereich standen einige Leute, die noch entspannt miteinander plauderten. Hinter ihnen öffnete sich der Innenraum der Synagoge. Nikolai trat einen Schritt näher und hielt unwillkürlich den Atem an. Wie wunderschön dieser große, hohe Raum war, so golden leuchtend, so reich verziert und so ehrwürdig. Das müsste seine Mutter sehen!

»Boah, wie aus Tausendundeiner Nacht«, flüsterte Leon in das allgemeine Gemurmel hinein. Er war froh, dass er mit der Kippa nicht gleich als Fremder auffiel. Während er dicht hinter Nikolai blieb, sah er hinüber zur rechten Seite des Raums, der ganz offensichtlich für die Männer und Jungs reserviert war, mal abgesehen von einem kleinen Mädchen auf dem Schoß seines Vaters. Ausnahmslos alle dort trugen irgendeine Kopfbedeckung, entweder eine Kippa oder einen großen schwarzen Hut.

Yara war seinem Blick gefolgt. »Siehst du den Mann irgendwo?«, fragte sie leise.

Leon schüttelte den Kopf. Er war sich nicht mehr sicher, ob er ihn überhaupt wiedererkennen würde. Wenn er am Bahnhof auf ihn zukommen würde, wohl schon. Aber hier in dieser Umgebung? Selbst Nikolai sah nicht mehr so ganz wie der alte Niko aus. Lag das an der Kippa auf seinem Kopf?

Auch Yara war gefangen vom Anblick der warmen, goldenen Pracht. Ihr war ganz andächtig zumute. Genau so hatte sie sich gefühlt, als sie auf einer Frankreichreise mit ihren Eltern die Kathedrale von Saint-Denis betreten hatte. Auch da hatte sie sich dem Zauber der Kirche, durch deren bunte Fenster das Licht fiel, nicht entziehen können. Ob man nun an Gott glaubte oder nicht – man spürte irgendwie, dass solche Orte etwas Besonderes waren.

Die Gespräche ringsherum wurden leiser, man schien anfangen zu wollen. »Ich glaube, ich muss auf die linke Seite. Bis später dann«, verabschiedete sich Yara von den Jungs. Sie hängte sich unauffällig an eine Frau, die sich mit ihrer Tochter Plätze in einer der mittleren Reihen suchte, und setzte sich hinter die beiden. Sie wäre gern bei Niko geblieben. Aber wenn sie sich an dem Mädchen vor ihr orientierte, würde sie schon nicht allzu viel falsch machen, oder?

Erleichtert stellte sie fest, dass sie nicht die Einzige war, die bei den Gebeten und Gesängen nicht mithalten konnte – vielleicht weil sie auf Hebräisch waren. Die Predigt hielt der Rabbi auf Deutsch, aber Yara bekam trotzdem nur wenig mit. Sie war viel zu beschäftigt damit, sich in dieser fremden Welt zurechtzufinden. Doch nach und nach verlor sie ihre Unsicherheit. Sie stand auf, wenn die anderen aufstanden, und setzte sich wieder gemeinsam mit ihnen. Als sich alle erhoben und aus den Reihen schoben, war sie fast enttäuscht, dass es schon vorbei war.

Im Gedränge am Ausgang traf sie die beiden Jungs wieder. Auf Niko schien die Atmosphäre abgefärbt zu haben, sein Gesicht war entspannt wie selten. Er sah so schön aus! Seine grünbraunen Augen schimmerten, als ob sie das goldene Licht eingefangen hätten. Leon dagegen wirkte gestresst. Er schlüpfte durch die Lücken in der Menge und stand schon draußen auf den Treppenstufen, als sie ihn einholten.

»Lasst uns mal los«, sagte er, ohne zu merken, dass er noch die ausgeliehene Kippa auf dem Kopf hatte.

»Was ist denn?«, wollte Yara wissen.

Leon stieß die Luft aus. »Weiß nicht. Hab Hunger. Wollen wir irgendwo was essen gehen?«

»Du hast den Mann nicht gesehen, oder?«

»Nö.« Leon guckte trotzig an Yara vorbei und sie glaubte ihn zu verstehen. Sicher hatte er in der Synagoge die ganze Zeit Schiss gehabt, dass gleich einer der Männer mit dem Finger auf ihn zeigen würde. Da ist er, der Dieb!

Nikolai stieß ihn mit dem Ellenbogen an. »Hey, klau nicht aus Versehen noch eine Kippa.«

Leon fasste sich an den Kopf. »Oh, sorry.« Er lief rot an. »Ich bring sie schnell zurück.«

Yara und Nikolai gingen auf die gegenüberliegende Straßenseite, um dort auf Leon zu warten. »Ich schau mal, ob man hier irgendwo veganes Essen kriegt«, sagte Yara.

Als sie ihre Handys einschalteten, stellte Nikolai erleichtert fest, dass sich seine Mutter nicht schon wieder gemeldet hatte – abgesehen von einem Sonnenbrillensmiley. Yara hingegen hatte eine Nachricht von ihrer Mutter bekommen. Eine Nachricht, die von einem Moment zum anderen alle weiteren Pläne überflüssig machte. Mama hatte mehrmals versucht, sie anzurufen, und dann einen ziemlich langen Text geschrieben. Aber eigentlich hätte ein einziger Satz gereicht: »Frau Winter liegt im Sterben.«

12

Während Yara auf ihr Handy starrte und die Sekunden verstrichen, stand Leon im Vorraum der Synagoge vor der Garderobe. Die Kippa, die er getragen hatte, hatte ihm der alte Mann hinter der Theke mit einem Nicken abgenommen. Aber da war ja noch die andere, die in der Tasche seiner Jeans steckte. Er ließ den Blick über die Leute schweifen, die immer noch aus dem hell erleuchteten Raum kamen. Für einen Moment sah er sich die Kippa schwenken: *Hallo! Weiß jemand zufällig, wem die gehört? Ich hab sie geklaut und will sie zurückgeben!*

Ratlos zog er die Kippa aus der Tasche. Zum ersten Mal betrachtete er sie wirklich genau. Sie war nicht einfach nur glatt und schwarz, da war eine Verzierung am Rand, ein kleines hübsches Muster, das sich rund um die Kappe zog.

Der Mann hinter der Theke schaute ihn an. »Nun, mein Junge?«, sagte er freundlich. Er strich sich über seinen grauschwarzen Bart, als würde er selber gerade nachdenken. »Nun?« Mehr nicht.

Leon antwortete wie von selbst. »Ich will die zurückgeben«, sagte er und legte die Kippa auf die Theke. »Ich hab sie geklaut und dafür will ich mich entschuldigen. Es tut mir echt leid. Ich …« Er biss sich auf die Unterlippe. Sein Gesicht glühte. »Ich wusste gar nicht, dass es eine Kippa ist. Das war total blöd von mir. Dann hätte ich das doch nie gemacht! Also, falls Sie den

Besitzer kennen, es tut mir wirklich leid. Ich, ich heiße Leon Meyer, aus Hamburg …«

Mit jedem Satz war Leon schneller geworden, bis er schließlich abbrach, als wäre er aus der Kurve geflogen. Er sah dem Alten eine Sekunde in die Augen, berührte mit den Fingerspitzen die Kippa auf der Theke und murmelte »Auf Wiedersehen«. Dann lief er zum Ausgang, froh, zumindest nicht »Sorry« gesagt zu haben.

13

Der Zug war fast leer, sodass sie problemlos ein Abteil für sich fanden. Wer wollte schon mitten in der Nacht durch halb Deutschland fahren, um dann um zwei Uhr morgens in Hamburg anzukommen? Der Versuch, einen früheren Zug zu erwischen, war gescheitert, weil Yara am Hauptbahnhof ewig nach dem Schlüssel für ihr Schließfach gesucht hatte.

Jetzt saßen sie nebeneinander, die Füße auf den Sitzen gegenüber, und vertilgten den Proviant, den Leon besorgt hatte. Sandwiches, Schokolade, Weintrauben und dazu jede Menge komplett überflüssige Energydrinks. Aufgekratzt waren sie mehr als genug.

Yara war voller Sorge, nicht mehr rechtzeitig bei Frau Winter anzukommen. Ihr Vater hatte ihr erzählt, dass sie zu Hause lag – natürlich hatte sie sich geweigert ins Krankenhaus zu gehen. Stur bis zum Schluss, hatte er gesagt. Aber warum hätte sie auch ihr Zuhause verlassen sollen, um irgendwo in einem fremden Krankenzimmer zu sterben?

Das Gespräch hatte sich nur um Frau Winter gedreht – und das war Yaras zweite Sorge. Mit keinem Wort hatte sie erwähnt, dass sie nicht in der Schweiz, sondern in Frankfurt waren. Wie auch? Es war ein gehetztes Telefonat gewesen, während sie von der Synagoge zur U-Bahn-Station liefen. Nicht der richtige Moment für Erklärungen. Sie hatte ihrem Vater lediglich versichert, dass sie, so schnell es ging, zurückkommen würde.

Sie hatten alle drei keinen Plan, wie sie aus der Geschichte wieder rauskommen sollten. Leon tat so, als wäre das für ihn kein Thema. »Meine Eltern denken doch sowieso, ich bin an der Ostsee«, meinte er. Auch Nikolai war relativ gelassen. Er erzählte zu Hause ja eh nur das, was zur geringstmöglichen Aufregung führte. Eigentlich war es doch egal, von wo aus sie ihre Reise abgebrochen hatten, oder nicht? Aber Yara kannte sich selbst gut genug – von Angesicht zu Angesicht würde sie nicht lügen können.

Gedankenverloren schaute sie ihr eigenes Spiegelbild in der Fensterscheibe an. Wie schnell alles passiert war, und trotzdem war die Zeit so langsam vergangen, dass es für eine Woche gereicht hätte. Die Hinfahrt, auf der sie vergnügt Karten gespielt hatten, das Herumstehen in der Hitze am Frankfurter Hauptbahnhof, die vergebliche Suche nach einer Unterkunft, die Nacht am Lagerfeuer, der nächste Morgen, an dem sie die Inschriften entdeckt hatten, der Abstecher zum Makkabi-Haus, die vertrödelten Stunden am Fluss, der Besuch der Synagoge. Und jetzt die Rückfahrt. War das hier wirklich erst die zweite Nacht, die sie unterwegs waren? Und was war nun eigentlich mit dem Mann, wegen dem sie überhaupt nach Frankfurt gefahren waren? Was war mit der Kippa? Sie drehte sich zu Leon, der neben ihr am Fenster saß.

Doch noch ehe sie den Mund aufmachte, kam von ihm schon die Antwort. »Hab's euch noch gar nicht erzählt«, sagte er. »Ich hab die Kippa abgegeben.«

Er erntete erstaunte Blicke. »In der Synagoge?«

»Einfach so, zusammen mit der anderen?«

»Ja. Nein. Nicht einfach so.« Leon begann zu erzählen. Es war ihm anzusehen, wie erleichtert er war, die Kippa losgeworden zu sein. Aber er war weit davon entfernt, seine gewohnte Sorglosigkeit auszustrahlen. »Vielleicht kriegt der Mann sie ja zurück. Könnte doch sein, oder?«, sagte er unsicher.

»Tja, wer weiß?«, antwortete Nikolai. »Ist nicht ausgeschlossen.«

»Frau Winter hat mal gesagt, einen Furz, den man gelassen hat, kann man nicht mehr zurückholen.« Yara schluckte. O Mann, sie würde Frau Winter echt vermissen. Würde sie wirklich nie wieder mit ihr zusammen im Wohnzimmer sitzen und Tee trinken? Warum hatte sie ihr eigentlich nicht erzählt, dass Leon die Kippa gestohlen hatte? Sie hätte vielleicht gewusst, was sie tun sollten.

Von rechts und links streckte sich ihr je eine braun gebrannte Hand entgegen. Leons war warm und er drückte ihre ein bisschen zu kräftig, Nikos Finger waren kühler, er berührte sie fast behutsam.

»Du hast auf jeden Fall noch uns«, sagte Leon. »Für immer und ewig.«

HAMBURG

1

Die Stadt empfing sie mit Dunkelheit und Regen. Während sie am Altonaer Bahnhof auf den Nachtbus warteten, fegte ihnen der Wind Papierfetzen und vertrocknete Blätter um die Füße, als wäre es plötzlich Herbst geworden. Trotz der frühen Stunde wollte Yara direkt zu Frau Winter. Sicherlich würde irgendwer bei ihr sein, ihr Sohn oder ihr Enkel oder Kataryna, die Pflegerin.

»Sollen wir wirklich mit, Yara?«, fragte Leon, als der Bus endlich kam. »Frau Winter kennt uns doch gar nicht.«

»Ich hab ihr ja von euch erzählt. Sie freut sich bestimmt, euch kennenzulernen.« Yara versuchte, überzeugt zu klingen, dabei war sie selber unsicher. Wie verhielt man sich, wenn jemand im Sterben lag? Und würde Frau Winter denn überhaupt noch etwas mitbekommen? Wie mochte es ihr wohl gehen? Lebte sie überhaupt noch? »Lasst mich bloß nicht im Stich!«, flehte sie.

So war es keine Frage, dass auch Leon und Nikolai in den Bus stiegen und sie zu dritt durch die Nacht gondelten. Als sie an der Grindelallee ausstiegen, war der Himmel klar und im Osten schon eine Ahnung des neuen Tags zu erkennen. In der Bäckerei wurde bereits gearbeitet, Brötchenduft drang auf die Straße. »Bei denen gibt's Rugelach«, sagte Nikolai, »schade, dass noch zu ist.« Sie gingen weiter durch die stillen Nebenstraßen und Yara nahm alles so deutlich wahr, als müsste sie sich auch von dieser Gegend für immer verabschieden: das Kopfsteinpflaster, die Vorgärten, die Fassaden mit den schmiedeeisernen Balkongittern.

Schon von Weitem erkannte sie, dass in der Wohnung Licht brannte. »Da oben ist es«, sagte sie. Fröstelnd standen sie vor dem Haus und schauten zu dem erleuchteten Fenster hoch.

»Hier hast du also gewohnt?«, fragte Leon.

»Dreizehn Jahre lang. Aber Frau Winter, die lebt seit über neunzig Jahren in dem Haus. Erst mit ihren Eltern und dann mit ihrem Mann und ihrem Sohn.«

Nikolai ging in die Knie, um die im Schein der Straßenlaterne glänzenden Steine zu betrachten, die Stolpersteine, von denen Yara ihnen erzählt hatte. »Familie Cohen«, murmelte er.

»Ja.« Yara holte tief Luft. »Dann klingle ich jetzt.«

Es war Kataryna, die ihnen aufmachte. Sie umarmte Yara zur Begrüßung und legte dann den Finger an die Lippen. »Kommt rein, sie schläft.« Leise betraten sie die Wohnung, um Kataryna zu Frau Winters Schlafzimmer zu folgen.

Yara war noch nie in dem Zimmer gewesen. Scheu schaute sie sich um, nahm mit einem Blick alles wahr. Den Eichenschrank mit der Spiegeltür, die Samtvorhänge, den dicken Teppich, den Sessel in der Ecke, die mit einem Tuch abgehängte Stehlampe, die ein schwaches, warmes Licht warf, den Stuhl, der immer in der Küche stand, das Nachtschränkchen – und das Doppelbett. Da lag Frau Winter unter einer dünnen Decke, so klein, so zerbrechlich und so blass. Wie ein Kind, das im Elternbett schlafen durfte. Die Nase spitzer als sonst, die Haare zerzaust, der Mund leicht geöffnet. In der Luft hing ein Geruch nach Krankenhaus und nach dem Parfüm, das sie an Frau Winter kannte.

Kataryna brachte noch einen Stuhl. Sie erzählte, dass Frau Winter seit zwei Tagen kaum mehr richtig zu Bewusstsein käme und dass ihr Sohn aus Amerika da sei, ein alter Herr, der jetzt im

Gästezimmer schlief. »Schön, dass ihr hier seid. Dann lege ich mich auch ein bisschen hin.« Sie strich Yara über den Arm. »Sie wartet auf den richtigen Moment zu sterben. Aber es scheint, sie ist noch nicht so weit.«

Schweigend saßen sie da, Yara im Ohrensessel, den sie neben das Bett gestellt hatten, Leon und Nikolai auf den Stühlen. Yara war das Herz so schwer, dass es sie in den Sessel drückte. »Der richtige Moment zu sterben«, hatte Kataryna gesagt, als wäre es das Normalste von der Welt. War es ja auch, weil jeder Mensch irgendwann geboren wurde und irgendwann starb. Aber trotzdem war es ganz und gar unvorstellbar.

Sie betrachtete Frau Winters Gesicht, das ihr so vertraut und gleichzeitig fremd war. Unter den pergamentdünnen Lidern bewegten sich ihre Augäpfel. Bekam sie mit, dass sie hier waren? Vorsichtig berührte sie Frau Winters Hand. »Ich bin's, Yara«, sagte sie. »Ich hab Nikolai und Leon mitgebracht. Wissen Sie? Meine Freunde.«

Von Frau Winter kam keine Reaktion und die Stille im Zimmer war noch ein bisschen lautloser als zuvor. Die Sekunden zogen sich dahin.

»Wir könnten ihr was vorsingen«, platzte Leon heraus. »Vielleicht würde ihr das gefallen.«

»Du willst was singen?« Nikolai schaute ihn irritiert an.

Doch da begann Leon schon mit leiser Stimme. »Schlaf, Kindchen, schlaf, der Vater hüt' die Schaf ...« Er klang weich und tief, nichts war mehr von seinem Stimmbruchgekrächze zu hören und es schien ihn nicht zu stören, dass er ganz allein sang. Als er die erste Strophe wiederholte und Yara gerade mitsingen wollte, öffnete Frau Winter die Augen. Ihr Blick war klar.

»Yara. Da bist du ja, mein Liebes.« Frau Winters Stimme dagegen war brüchig.

»Ach, Frau Winter, wie schön, dass Sie wach sind!« Yara beugte sich zu ihr vor.

»Wer hat denn da gesungen?« Frau Winter versuchte den Kopf zu heben.

Yara schob ihr das Kissen zurecht, damit sie aufrechter lag. »Das war Leon.«

»Dein jüdischer Freund?« Frau Winter lächelte. »Dass du ihn endlich mal mitgebracht hast.«

Nikolai stand auf. »*Ich* bin Yaras jüdischer Freund«, sagte er und machte eine kleine Verbeugung. »Ich heiße Nikolai.«

»Und ich bin Leon.« Jetzt tauchte Leons Kopf neben Nikolai auf. »Ich bin auch Yaras Freund!«

Frau Winters schenkte Yara wieder ein Lächeln. »Was für nette Jungs.« Ihr Blick wanderte von einem zum anderen. »Und ihr seid alle beide in sie verliebt?«

»Frau Winter! So ein Blödsinn!« Yara wurde rot und die Jungs grinsten verlegen. Doch dann durchrieselte Yara eine kleine Glückswelle. Nein, Frau Winter würde nicht sterben. Sonst würde sie ja wohl ernsthaftere Dinge sagen. Und jetzt zwinkerte sie ihr sogar zu, so wie immer.

»Nun ja. Ihr habt noch so viel Zeit, Kinder.« Frau Winter rang nach Atem, ihr Blick irrte durchs Zimmer, als würde sie jemanden suchen. Noch einmal schaute sie Yara an, in der nächsten Sekunde fielen ihr die Augen zu. Mit geschlossenen Lidern tastete sie nach Yaras Hand. »Passt aufeinander auf«, flüsterte sie.

»Das machen wir«, antwortete Yara.

»Ganz bestimmt«, versicherte auch Nikolai und Leon nickte, obwohl Frau Winter das nicht sehen konnte.

Eine Weile warteten sie unschlüssig neben dem Bett. Dann löste Yara ihre Finger aus Frau Winters Hand und sie gingen leise aus dem Zimmer.

2

So prall gefüllt mit Leben die letzten Tage gewesen waren, so langweilig und zäh tröpfelten die nächsten dahin. Yara hatte Hausarrest bekommen, zum ersten Mal in ihrem Leben. Ihre Eltern waren fassungslos gewesen, dass sie sie belogen hatte, egal wie ehrenwert der Grund für ihre Fahrt gewesen sein mochte. »Und dann auch noch Frankfurt!«, hatte ihr Vater geschäumt. »Man weiß doch, was die da für eine Kriminalitätsrate haben!«

Yara hatte sich trotzig auf die Lippen gebissen. In Frankfurt waren immerhin keine Schlägertypen unterwegs gewesen, so wie hier bei ihnen im Viertel. Aber bei dem Argument hätte Papa ihre Ausgangssperre womöglich noch verlängert.

Ihre Eltern hatten sich gestritten, weil sie sich gegenseitig Vorwürfe machten, Yara zu viel allein zu lassen. Aber darin, dass sie eine spürbare Strafe bekommen sollte, waren sie sich einig gewesen. Nur zum Einkaufen durfte sie raus, ansonsten konnte sie zum Frischeluftschnappen auf den Balkon gehen. Immerhin fuhr ihr Vater mit ihr regelmäßig nach Eimsbüttel, damit sie Frau Winter besuchen konnte. Doch alleine am Bett der schlafenden alten Frau zu sitzen, zog sie nur noch mehr runter.

Zu allem Überfluss waren Leon und Nikolai verreist. Sie hatten sich wortreich entschuldigt, dass sie sich eine gute Zeit machten, während Yara ihren Arrest absitzen musste. Aber dann waren sie fröhlich an die Ostsee gefahren, so wie Leon es seinen Eltern ja eh von Anfang an vorgemacht hatte. Die Jungs riefen sie jeden Tag vom Campingplatz an und schickten ihr alberne Fotos und Sprüche und Smileys mit Herzchenaugen, um sie aufzuheitern. Yara gönnte ihnen ihr Vergnügen, aber neidisch war sie trotzdem. Und je näher ihr Geburtstag rückte, desto deprimierter wurde sie. Sollte sie den wirklich nur zusammen mit Papa in dieser piefigen Wohnung verbringen? Das konnte er ihr nicht antun!

Das einzig Gute in diesen Tagen waren die Bilder, die sie malte. Ihr Vater hatte ihr Acrylfarben und Leinwände aus der Volkshochschule mitgebracht. »Damit du nicht nur am Handy hängst«, hatte er gesagt, was ihrem Interesse erst mal einen ordentlichen Dämpfer verpasst hatte. Aber dann legte sie doch los. Sie schuf Bilder voller leuchtender Farben. Die Sonne, die auf dem Wasser des Mains flimmerte, das Lagerfeuer mit dem Djembetrommler, das goldene Innere der Synagoge. Und sogar das Foto aus der Bäckerei, auf dem sie alle drei wie Honigkuchenpferde grinsten, malte sie in warmen Braun-, Rot- und Orangetönen ab. Yara versank in ihrer Malerei. Das Leben konnte so schön sein. Nein, egal wie lange sie hier schmoren musste – ihr tat der Trip nach Frankfurt kein bisschen leid.

Am Morgen vor ihrem Geburtstag setzte sich ihr Vater zu ihr auf die Bettkante. Er machte eine Miene, als hätte er Großartiges zu verkündigen. »Dein letzter Tag als Kind«, sagte er. »Das ist etwas ganz Besonderes. Da unternehmen wir was, oder?«

Yara zog sich die Bettdecke über die Ohren. Na toll! Wollte Papa mit ihr auf den Spielplatz gehen? Oder zu Ikea ins Bällebad? »Nee, danke«, murmelte sie.

Ihr Vater zupfte ihr die Decke vom Gesicht. »Doch, doch. Nach dem Frühstück putzen wir die Wohnung und dann backen wir einen Kuchen.«

»Lass mich!« Yara riss ihm die Decke aus den Fingern und rollte sich auf die Seite. Der sollte ihr den Buckel runterrutschen mit seinen ironischen Sprüchen. Ja, ab morgen war sie kein Kind mehr, sondern eine Jugendliche. Und dann würde Papa sie hoffentlich mit mehr Respekt behandeln.

»Yara, jetzt schmoll nicht. Ich wollte dich nicht ärgern.« Plötzlich klang er liebevoll. »Ich hab eine Überraschung für dich. Hörst du mich, du Maulwurf? Deine Mutter kommt heute Abend. Wir feiern morgen zusammen. Und deine Freunde werden auch da sein, die beiden Jungs.«

Mit einem Ruck setzte sich Yara auf. Maman kam nach Hause, was für ein Geburtstagsgeschenk! Und Leon und Niko! Jubelnd fiel sie ihrem Vater um den Hals, der sie lachend an sich drückte. »Stubenarrest aufgehoben«, brummelte er in ihre zerzausten Locken hinein.

Allerbester Laune räumten sie gemeinsam die ziemlich vernachlässigte Wohnung auf, staubsaugten, schrubbten die Küche, putzten sogar die Fenster und gingen einkaufen. Danach zauberten sie die leckerste vegetarische Lasagne der Welt, wobei sie die Küche so vollkleckerten, dass sie gleich wieder sauber machen mussten. Wenn der Zug aus Paris am Hauptbahnhof ankam, würden sie die Auflaufform in den Ofen schieben. Und dann Maman von der S-Bahn abholen!

Yara war glücklich, ihren Vater voller Vorfreude zu erleben. Als sie auf dem Bahnsteig standen, trippelte er aufgeregt hin und her. Und endlich stieg Maman aus der S-Bahn. Mit wehenden Locken kam sie auf sie zugerannt, ließ ihren Koffer fallen und schloss sie beide gleichzeitig in die Arme. Als sie sie wieder losließ, küssten sich die Eltern so lange, dass Yara den Blick abwandte, weil sie das Gefühl hatte, zu stören. Aber im nächsten Moment drehte sich ihre Mutter zu ihr und drückte sie noch einmal an sich. »Yara, ma petite! Sag bloß, du bist gewachsen?«

Yara lachte. »Klar, bestimmt einen halben Meter.« Sie strahlte ihre Mutter an. »Hast du Hunger, Maman? Wir haben dein Lieblingsessen gekocht!«

»Na, und wie!«

Arm in Arm, mit Maman in der Mitte, gingen sie in der Abendsonne nach Hause. Yara war ganz leicht zumute. Wie war sie nur darauf gekommen, dass sich die Eltern trennen wollten?

Yaras Mutter hatte die neue Wohnung bisher erst einmal gesehen, und das ohne Einrichtung. Sie gab sich alle Mühe, die kleine Küche gemütlich und das enge Wohnzimmer charmant zu finden. Doch schon auf dem Weg von der S-Bahn-Station nach Hause hatte Yara ihr angesehen, dass auch sie den Umzug aus dem schönen Eimsbüttel in die Siedlung erst mal verdauen musste. Yara stellte zu ihrer eigenen Verwunderung fest, dass sie ihr neues Zuhause verteidigte.

»Man muss viel weniger putzen, wenn die Wohnung nicht so groß ist«, sagte sie. »Und in der Küche kann man vom Herd aus den Kühlschrank aufmachen, wenn man was rausholen will. Und überhaupt, hier ist alles ganz nah ... Zur Kletterhalle sind es nur ein paar Minuten. Schade, dass Sommerpause ist, sonst würde ich sie dir mal zeigen.« Sie zog ihre Mutter zum Fenster ihres Zimmers. »Guck, dort drüben wohnt Nikolai, das ist natürlich auch total praktisch.«

Ihre Mutter sah sie bedeutungsvoll an. »Ich freu mich darauf, deinen Nikolai kennenzulernen«, sagte sie in einem Ton, der Yara gar nicht passte. Genau wie Frau Winter! Wieso konnte man nicht einfach mit Jungs befreundet sein, ohne dass die Erwachsenen blöde Anspielungen machten?

Doch sie war viel zu guter Laune, um sich zu ärgern. Sie gab ihrer Mutter einen Knuff. »Das ist nicht *mein* Nikolai. Sondern einfach nur Niko.«

Zur Lasagne entkorkte Mama den teuren Rotwein, den sie mitgebracht hatte, und ließ Yara an der Flasche schnuppern.

»Ab morgen dürftest du ganz offiziell ein Schlückchen probieren, wenn wir dabei sind«, sagte Papa.

»Nee, danke, muss wirklich nicht sein«, antwortete Yara, die Nase rümpfend. »Ich glaube, das Zeug schmeckt mir nicht.« Ein bisschen meldete sich wieder ihr Gewissen, weil sie den Abend am Lagerfeuer und ihren Kater am nächsten Morgen natürlich verschwiegen hatte. Und dabei blieb sie vorsichtshalber auch, als sie während des Essens noch mal ausführlich von der Frankfurt-Reise und der gestohlenen Kippa berichten musste.

Yaras Mutter schüttelte den Kopf über Leons Unwissenheit. »Ich dachte eigentlich, man weiß in Deutschland, was eine Kippa ist«, sagte sie.

Yara zuckte die Schultern. »Leon wusste es jedenfalls nicht.«

»Na, auf *den* Freund von dir bin ich auch gespannt. Und ich werde mit den Jungs noch ein ordentliches Hühnchen rupfen. Sie sind schließlich älter und hätten nicht einfach mit dir losfahren dürfen.«

»Nein, Maman! Es war doch meine Idee! Und Leon hat schon genug Prügel eingesteckt, weil er die Kippa geklaut hat. Und Niko erst!«

»Das ist wirklich eine schreckliche Geschichte.« Yaras Mutter seufzte. »Aber dann hätten die beiden umso vorsichtiger sein müssen.«

»Die Jungs sind wirklich in Ordnung«, sprang Yaras Vater ihr bei.

Ihre Mutter kräuselte die Stirn, doch schließlich lächelte sie. »Du brauchst keine Angst zu haben, Yara. Ich werde dir deine

Geburtstagsfeier schon nicht verderben. Es ist ja toll, dass du hier so gute Freunde gefunden hast.«

Yaras Vater hob sein Rotweinglas. »Auf die Freundschaft«, sagte er. »Und die Familie.« Dann guckte er über den Rand seines Glases hinweg Yaras Mutter tief in die Augen. »Und auf die Liebe …«

3

Es gab noch eine Überraschung für Yara. Ihre älteste und beste Freundin, die sie schon aus der Kita kannte, kam zu ihrem Geburtstag. Sie sahen sich nur selten, weil Janans Familie vor etlichen Jahren nach Dresden gezogen war. Umso größer war die Freude, als sie so unerwartet auftauchte.

Mit dem Achtsitzer von Janans Eltern fuhren sie am Nachmittag alle zusammen an den Baggersee, inklusive mehrerer Picknickkörbe, Boule-Kugeln, Strandtennisschläger und Luftmatratzen. Leon und Nikolai hatten noch den Ostseesand in den Haaren und Sonnenbrand auf den Schultern, weil sie erst am Morgen von ihrem Campingplatz aufgebrochen waren. Das Einzige, was sie dort als Geburtstagsgeschenk aufgetrieben hatten, war eine Bernsteinkette.

»Sie hat voll die Farbe deiner Augen, Delamare«, sagte Leon mit seinem charmantesten Grinsen, während Nikolai ihr die Kette umband. Überhaupt gaben sich die Jungs die größte Mühe, nett zu sein. Yara war sich nicht sicher, ob sie damit ihre Eltern milde stimmen oder Janan beeindrucken wollten. Die hatte sich in dem einen Jahr, in dem Yara sie nicht gesehen hatte, vom pummeligen Kind zu einer umwerfenden Schönheit gewandelt. Aber sie war immer noch die alte liebenswerte, ein bisschen schüchterne Janan und in Yara war kein Platz für so etwas Überflüssiges wie Eifersucht.

Es war ein perfekter Sommernachmittag. Während die Erwachsenen die meiste Zeit auf der Decke saßen und über Gott und die Welt redeten, paddelten die vier mit den Luftmatratzen um die Wette, lieferten sich lachend und kreischend Wasserschlachten und hauten sich die Tennisbälle um die Ohren. Irgendwann lagen sie völlig erschöpft nebeneinander auf ihren Handtüchern und schauten den weißen Wolkenbergen zu, die im Zeitlupentempo über sie hinwegzogen.

»Das ist mein schönster Geburtstag ever«, sagte Yara.

»Ist doch eigentlich blöd, dass man immer älter wird.« Leon setzte sich auf. »Ich möchte nie erwachsen werden.«

»Wenn einen nichts anderes erwartet als das Modehaus Meyer, ist das auch ein hartes Schicksal«, witzelte Nikolai.

»Haha. Ich werde Schauspieler!« Leon spuckte ihm den Grashalm, auf dem er gekaut hatte, auf den Bauch.

»Stimmt, hatte ich ganz vergessen.« Niko schnipste den grünen Krümel zu Leon zurück.

»Und ich Malerin«, sagte Yara. »Oder ich studiere Geschichte.«

»Kannst ja beides gleichzeitig machen«, schlug Janan vor. »Wir studieren zusammen Geschichte und nebenbei malst du deine Bilder.«

»Klingt super. Mal sehen ...«

Ja, mal sehen. Zum Glück musste sie das jetzt noch nicht wissen. Sie waren sich einig, dass sie noch alle Zeit der Welt hatten, sich für irgendetwas zu entscheiden. Das ganze lange Leben lag noch vor ihnen. Yara schoss der Gedanke an Ella durch den Kopf, aber sie schob ihn zur Seite. Heute war ein Tag zum Einfach-nur-glücklich-Sein.

Als ein kühler Wind aufkam und der Picknickkorb komplett geplündert war, drängten die Erwachsenen zum Aufbruch. Ja nans Eltern wollten noch zu Janans großer Schwester und deren Familie, wo sie übernachten würden. Auf dem Weg setzten sie die ganze Geburtstagsgesellschaft in der Siedlung ab.

Leon und Nikolai kamen noch mit nach oben. Yara holte Sprudelwasser und eine Tüte Chips aus der Küche und sie machten es sich in ihrem Zimmer auf dem Teppich gemütlich, wie immer. »Eine halbe Stunde. Dann will ich dich auch noch ein bisschen für mich haben«, hatte ihre Mutter gesagt.

»Maman ist erst vorhin damit rausgerückt, dass sie übermorgen schon wieder zurückmuss«, erzählte Yara den Jungs. »Sie hat keinen Urlaub gekriegt und ist extra nur für meinen Geburtstag gekommen. Ich glaube, sie hat sich ziemlich erschrocken, weil ich allein nach Frankfurt gefahren bin.«

»Was heißt hier allein?«, meinte Leon. »Immerhin waren wir dabei.«

Yara hob gekonnt ihre linke Augenbraue. »Das hat sie kein bisschen beruhigt. Im Gegenteil.« Sie knusperte an einem Paprikachip herum, als wäre der eine seltene Delikatesse. »Wisst ihr, was sie gesagt hat? Dass man unter vierzehn Jahren prinzipiell gar keinen Sex haben darf. Das war so unfassbar peinlich.«

»Sex? Wie kommt sie denn darauf?« Nikolai wurde tatsächlich ein bisschen rot.

»Delamare!« Leon riss empört die Augen auf. »Du hast deiner Mutter von unserer Nacht am Lagerfeuer erzählt? Das sollte unter uns bleiben.«

»Hä? Hab ich was verpasst?« Nikolai schaute verwirrt von Leon zu Yara.

»Quatsch! Erzähl bloß keinen Scheiß, Leon. Mama meinte das total theoretisch, von wegen Jugendschutzgesetz. Gucken da eure Eltern nicht drauf?«

»Nöö«, brummelte Leon.

»Das würde mir gerade noch fehlen. Meine Mutter hat sowieso schon lauter Regeln im Kopf«, sagte Nikolai. »Bevor wir an die Ostsee gefahren sind, hat sie mir mindestens dreimal eingeschärft, erst eine Stunde nach dem Essen schwimmen zu gehen.«

»Altes jüdisches Gesetz?«, witzelte Leon.

»Klar, uralt. Stammt noch aus der Wüste, du Kamel.«

Jetzt lachten sie alle drei. Als Yaras Mutter den Kopf zur Tür reinsteckte und die Jungs zum Aufbruch mahnte, war Yara drauf und dran zu protestieren. Aber sie ließ es bleiben. Noch ein bisschen mit Maman und Papa abhängen war ja etwas Kostbares, auf das sie sich auch freute.

Leon packte sein Zeugs zusammen, wobei eine ganze Menge zusammenkam, da er das Zelt fürs Camping beigesteuert hatte. Kurz überlegte er, ein Taxi zu nehmen, doch die anderen beiden rollten mit den Augen über so viel Geldverschwendung. Und nachdem ihm Nikolai angeboten hatte, ihm bis zur S-Bahn beim Tragen zu helfen, zogen sie gemeinsam los. Yara schaute ihnen nach, wie sie bester Laune die Treppen hinuntertrampelten.

4

Die beiden Jungs waren in den Tagen an der Ostsee ein ziemlich gutes Team geworden. Nikolai hatte eigentlich erwartet, dass Leon eher ein Drückeberger sein würde als einer, der zupackt. Aber Leon hatte mit Feuereifer den Zeltaufbau in Angriff genommen, sie waren gemeinsam einkaufen gewesen, hatten zusammen auf dem kleinen Gaskocher ihre Mahlzeiten zubereitet und das Geschirr abgewaschen. Leon war längst nicht der Sprücheklopfer, für den Nikolai ihn gehalten hatte. Tagsüber am Strand konnte er sich stundenlang in ein Buch vertiefen. Und wenn sie nachts in ihren Schlafsäcken im Dunkeln lagen, erzählte er viel von sich. Von dem Gefühl der Einsamkeit, das ihn immer wieder überschwemmte, und von seiner Angst, von niemandem für voll genommen zu werden. Irgendwann in diesen Nächten war ihnen beiden aufgefallen, dass Leons Stimme sich gar nicht mehr überschlug.

Sie waren schon fast am Bahnhof angekommen, als Nikolai mit der Frage rausrückte, die ihm schon die ganze Zeit auf der Zunge lag. »Sag mal, läuft da vielleicht doch irgendwas zwischen Yara und dir?«

Leon rollte mit den Augen. »Da läuft nichts! Echt nicht.«

»Bist du nicht in sie verknallt?«

»Nein, bin ich nicht. Ich hab sie einfach nur total gern. Und du?«

Nikolai zuckte mit den Schultern. »Weiß nicht ... glaube nicht.«

»Du weißt es nicht?« Leon lachte. »Das merkt man doch, Digga. Schmetterlinge im Bauch ... Schwitzehändchen ... feuchte Träume ...«

Niko gab ihm einen Schubs. »Hab's kapiert, Leon. Nee, dann bin ich nicht verliebt.«

»Ist vielleicht auch einfacher so.«

»Bestimmt.«

Die Bahn rollte heran, Leon nahm Nikolai das Zelt ab, ließ dann das ganze Zeug fallen und umarmte ihn fest. »Digga ...«, murmelte er. Erst als die Türen aufgingen, ließ er ihn los und gemeinsam warfen sie das Gepäck in den Wagen. Während die Bahn anfuhr, lehnte Leon an der Tür. Und draußen stand Niko, lächelte ihn an und winkte.

Weich und glücklich fühlte sich Leon, als er da mit seinen Urlaubssachen vor den Füßen an der Tür stehen blieb. Zumindest bis er in Altona ankam, wollte er keinen Gedanken an die leere Wohnung verschwenden, in die er zurückkehrte. Er strich sich durch die Haare und ein paar Körnchen Sand rieselten ihm in den Nacken, vom Ostseestrand und vom Baggersee. Als der Waggon fast das Ende des Bahnsteigs erreicht hatte, schaute er noch einmal nach Niko, der natürlich nicht mehr zu sehen war. Sicher fuhr er schon die Rolltreppe hoch.

Aber jemand anderen sah er in der letzten Sekunde, bevor er die Station aus den Augen verlor: die lange, schwarz gekleidete Figur des Tätowierten. Seit sie sich auf dem Parkplatz gegenübergestanden hatten, an dem Seder-Tag im April, hatte er ihn nicht mehr gesehen. Aber er hätte ihn in einer Menge von Hunderten sofort erkannt. Und neben ihm ging der Rothaarige! Sie stiegen aus der Bahn aus, die gerade auf dem gegenüberliegenden Gleis angekommen war. Leons Puls schlug schneller, völlig sinnlos hämmerte er gegen die Scheibe, hielt dann inne und zwang sich zur Ruhe.

Vielleicht war Niko ja schon außer Sichtweite. Vielleicht hatten die beiden auch jedes Interesse an Randale verloren. Vielleicht wollten sie einfach nur gemütlich nach Hause gehen oder sonst wohin. Aber vielleicht auch nicht ... Auf jeden Fall musste er Niko warnen.

Doch noch während er sein Handy aus der Hosentasche zog, erinnerte er sich, dass Niko schon vor Stunden über den leeren Akku seines Handys geklagt hatte. Also Yara. Er wählte ihre Nummer, ließ es endlos klingeln, bis schließlich die Mailbox ansprang und er ihr nur noch eine kurze Nachricht schicken konnte. Warum ging sie denn nicht ran, verdammt noch mal? Er konnte jetzt nicht einfach nach Hause gehen. Er musste an der nächsten Station aussteigen und wieder zurückfahren – und vor allem die Polizei anrufen. Hoffentlich nahmen sie ihn ernst. Hoffentlich reagierten sie. Immerhin hatten sie doch mal versprochen, in der Gegend Streife zu fahren.

5

»**Wie sollen wir** denn deinen Geburtstag ausklingen lassen?«, hatten Yaras Eltern gefragt und sie hatte nicht lange nachdenken müssen. Zwischen Maman und Papa auf dem Sofa sitzen, *Harry Potter* gucken, heißen Kakao mit Schlagsahne trinken und Kekse essen. So wie sie es früher oft gemacht hatten. Das war das Schönste, was sie sich nach diesem langen Tag vorstellen konnte. Und dazu würde sie den verrückten Onesie mit den Hasenschlappohren anziehen, den ihr Janan geschenkt hatte, auch wenn es für den eigentlich zu warm war.

Als sich ihr Handy meldete, fischte sie es zwischen den Sofapolstern hervor.

»Jetzt lass doch mal das Handy«, sagte ihr Vater.

Der Film hatte gerade angefangen und Yara warf nur einen schnellen Blick aufs Display. Klar, das war Leon. Ihm war sicher aufgefallen, dass seine Badesachen noch in ihrer Strandtasche waren. Sie hatte das ganze nasse Zeugs schon aufgehängt. Später würde sie ihm ein Foto davon schicken und noch in Ruhe mit ihm quatschen.

Leon hatte nicht verbergen können, wie wenig er sich nach dieser Woche auf sein Zuhause freute. Richtig düster war sein Gesicht gewesen, als er erwähnte, dass seine Eltern erst in ein paar Tagen aus der Schweiz zurückkämen. Sie hätte ihm gern angeboten, solange bei ihnen zu wohnen. Man hätte ja einfach die Luftmatratze vor ihr Bett legen können. Doch ihre Eltern wären von der Idee bestimmt nicht begeistert gewesen, und die wenigen Stunden, die sie noch gemeinsam hatten, sollte sich Maman nicht ärgern müssen. Wo sie doch schließlich extra für ihren Geburtstag angereist war.

Yara schob ihr Handy unters Sofakissen und ließ es klingeln. Und so dauerte es ein paar Minuten zu lang, bis sie es doch wieder hervorzog und Leons Nachricht las.

6

Wie immer, wenn er in die Nähe des verwahrlosten Spielplatzes kam, zog Nikolai instinktiv die Schultern hoch, obwohl er diesmal mit seinen Gedanken ganz woanders war. Sie kreiselten noch um das komplizierte Thema Liebe. Wieso wurde er aus sich und seinen Gefühlen nicht schlau? Irgendwie hatte er immer gedacht, Verliebtsein würde einen wie ein Wirbelsturm erwischen – *zack*, *wow!* – und dann war ziemlich schnell alles klar und man konnte gar nichts dagegen machen.

Bei seinen Eltern musste es so gelaufen sein. Sie hatten sich auf Mamotschkas Israel-Reise kennengelernt, und als ihr Urlaub zu Ende ging, waren sie ein Liebespaar gewesen, nach dem Motto »Bis dass der Tod euch scheidet«. Vielleicht würde es ja auch bei ihm so sein, irgendwann mal ... Aber vielleicht konnte es auch ganz anders laufen und die Liebe schlich sich heimlich an und machte sich nach und nach immer breiter, bis man sie endlich bemerkte.

Ein Geräusch holte ihn ins Hier und Jetzt zurück. Das Geräusch von Schritten, die sich näherten. Seine Nackenmuskeln verkrampften sich und ein eiskaltes Kribbeln lief ihm die Wirbelsäule hinunter, als würde jemand mit den Fingern dort entlangstreichen. Sein Unterbewusstsein hatte die Gefahr bereits erkannt, bevor er sich umdrehte. Als es auch sein Kopf kapierte, waren die Typen schon fast bei ihm, alle beide, der

Tätowierte und der Rothaarige. Niko hörte auf zu atmen, die Sekunden dehnten sich ins Unerträgliche, während er regungslos dastand und nur sein Hirn auf Hochtouren lief. Wo waren die hergekommen? Waren sie wegen ihm hier? Wenn er lossprintete, würde er es bis zum Hauseingang schaffen? Wo war sein Schlüsselbund? Oder sollte er klingeln? Seine Mutter ging ja nicht schlafen, bevor er zu Hause war. Was sollte er tun, wie konnte er sich wehren?

Dann schien alles gleichzeitig zu geschehen. Sie rannten die letzten Meter, packten ihn, warfen ihn zu Boden, er wollte aufspringen, sich losreißen, spürte hart ein Knie im Rücken, rang nach Luft, sah ein Messer aufblitzen und kniff die Augen zusammen, sein Arm brannte, in seinem Kopf hämmerte ein Dröhnen, durch das nur undeutlich laute Rufe drangen.

Doch plötzlich ließ der schmerzende Druck nach. Er atmete tief ein und aus, hörte seinen Namen. Als er sich vom Bauch auf den Rücken drehte und den Kopf hob, erkannte er Yara. In dem flackernden Blaulicht, das die Nacht erhellte, stand sie neben einem Streifenwagen und starrte ihn mit vor Schreck geweiteten Augen an. Es war so gut, sie zu sehen! So unglaublich gut. Aber warum hatte sie sich als Hase verkleidet?

7

Noch während der Sommerferien entschloss sich Yara, auf die Schule in ihrem Viertel zu wechseln. Es gab kaum noch einen Grund, zweimal am Tag die lange Strecke zu fahren. Frau Winter war gestorben, zehn Tage nachdem sie aus Frankfurt gekommen waren, und auch die Beerdigung lag nun schon mehr als zwei Wochen zurück.

Yara war mit ihrem Vater und Leon und Nikolai bei der Trauerfeier gewesen, wo sie auch Frau Winters Familie kennengelernt hatte. Ein letztes Mal war sie in der Eimsbüttler Wohnung gewesen, um die schöne alte Porzellankanne mitzunehmen, die sie für immer an ihre Teestunden mit Frau Winter erinnern würde.

Sie würde Frau Winter niemals vergessen, und auch Ella nicht. Ab und zu würde sie nach Eimsbüttel fahren, um die goldenen Steine zu putzen. Auch Niko hatte versprochen, sich darum zu kümmern, wenn er koschere Sachen im Grindelviertel einkaufte.

Yara freute sich darauf, mit Niko auf dieselbe Schule gehen zu können. Seit dem Abend, an dem die Typen verhaftet worden waren, hatten sie sich fast jeden Tag gesehen. Das letzte bisschen Distanz, das es immer zwischen ihnen gegeben hatte, war weggeschmolzen. Obwohl die Polizei sie zurückhalten wollte, war sie zu ihm gestürzt, hatte sich hingekniet, ihn umarmt und festgehalten. Mit dem Kopf in ihrem Schoß hatte er am Boden gelegen und geweint. Es hatte ihr fast das Herz zerrissen, die Schnitte auf seinem Oberarm zu sehen. Es war ein Hakenkreuz, ein beschissenes Hakenkreuz, aus dem das Blut in den Dreck tropfte. Zeitgleich mit dem Krankenwagen war Leon eingetroffen, völlig außer Atem, mit seinem ganzen Campingkram beladen. Und dann hatten sie alle drei zwischen den Mülltonnen gesessen und gemeinsam geheult.

Als es auf das Ende der Ferien zuging, war die Wunde an Nikos Oberarm schon so weit verheilt, dass er eigentlich kein Pflaster mehr brauchte. Zum Glück waren die Schnitte nicht tief gewesen und die Narben würden irgendwann nicht mehr zu sehen sein. Aber bis dahin verbarg er das widerliche Zeichen. Es reichte schließlich, dass die Polizei die Schnittwunde zu Protokoll genommen hatte.

Doch das, was als Demütigung gemeint gewesen war, erwies sich schließlich als große Hilfe. Denn um nichts in der Welt konnten die Täter nun noch von einer Prügelei unter Jungs reden. Es gab keinen Zweifel daran, dass sie hart bestraft werden würden.

Jetzt saßen sie alle drei am Elbstrand, Yara, Niko und Leon, so wie sie einige Wochen zuvor am Main gesessen hatten. Wieder hatte jemand ein Feuer gemacht, wieder gab es einen Typen mit langen Haaren, der auf einer Djembe trommelte. Aber die Containerschiffe, die auf der Elbe vorbeizogen, waren höher, und die Häuser in der Ferne deutlich niedriger als die Frankfurter Wolkenkratzer.

Und auch sonst war alles anders. An diesem Abend würden sie nicht bis in die Morgenstunden feiern und draußen übernachten, sondern sie wurden um zweiundzwanzig Uhr abgeholt. Von Yaras Vater oder Nikos Mamotschka, wenn ihre Cousine ihr das Auto lieh. Oder vielleicht sogar von Leons Mutter, mal schauen. Die kurze Zeit der großen Freiheit war jedenfalls vorbei.

Und sogar ihre Freundschaft war ein bisschen anders als zu Beginn der Ferien. Fester, sicherer, und trotzdem nicht weniger spannend. Denn immer war etwas in Bewegung, immer veränderte sich was. So wie der Fluss, auf den sie schauten, immer derselbe und doch nie der gleiche war. Das Leben ging weiter, so lange, bis es zu Ende war.

Gefördert durch ein Hamburger Zukunftsstipendium der Behörde
für Kultur und Medien in Zusammenarbeit mit der
Hamburgischen Kulturstiftung

Wir produzieren nachhaltig

- Klimaneutrales Produkt
- Papiere aus nachhaltigen und kontrollierten Quellen
- Hergestellt in Deutschland

FSC® www.fsc.org MIX Papier | Fördert gute Waldnutzung FSC® C014496

Umschlagabbildungen: shutterstock © MaKars
Umschlaggestaltung: formlabor
Lektorat: Franziska Leuchtenberger
Produktionsmanagement: Derya Yildirim
Satz: Pinkuin Satz und Datentechnik, Berlin
ISBN 978-3-551-58517-2